임영기 장편소설

FUSION FANTASTIC STORY

갓 오 브 솔 저

GOD OF SOLDIER

갓오브솔저 4
임영기 장편소설

초판 1쇄 찍은 날 § 2017년 3월 27일
초판 1쇄 펴낸 날 § 2017년 4월 3일

지은이 § 임영기
펴낸이 § 서경석

편집책임 § 이지연

펴낸곳 § 도서출판 청어람
등록번호 § 제387-1999-000006호
등록일자 § 1999. 5. 31
어람번호 § 제1-2666호

주소 § 경기도 부천시 부일로 483번길 40 서경B/D 3F (우) 14640
전화 § 032-656-4452 팩스 § 032-656-4453
http://www.chungeoram.com
E-mail § chungeorambook@daum.net

ISBN 979-11-04-91251-1 04810
ISBN 979-11-04-91179-8 (세트)

GOD

4

임영기 장편소설
FUSION FANTASTIC STORY

갓오브솔저

SOLDIER

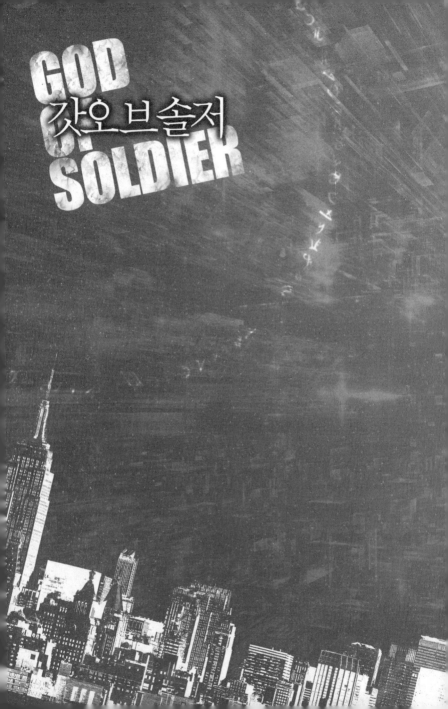

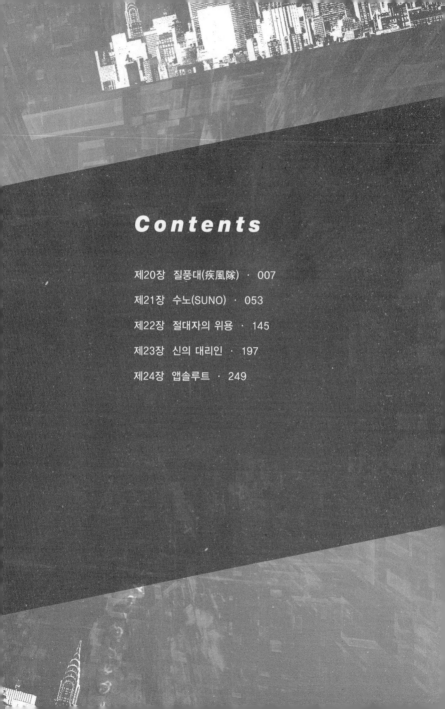

Contents

제20장
질풍대(疾風隊)

새집에서 때아닌 조촐한 파티가 열렸다.

그것도 새벽 3시가 넘은 시간이다.

어제까지 살았던 임대 아파트보다 훨씬 큰 거실 한가운데의 테이블에 강도 세 식구가 둘러앉아서 고구마 케이크를 안주 삼아서 맥주를 마시고 있다.

얼마 전까지만 해도 강도네 식구는 맥주는커녕 집에서 식구들끼리 조촐하게 술을 마시는 경우조차도 없었다.

임대 아파트 임대료에 삼시 세끼, 거기다 강도와 강주 두 사람의 학비까지 걱정해야 하는 형편에 술을 마시는 건 언감생

심이었다.

"오빠, 엄마 분식집 하고 싶대."

강주가 강도 컵에 맥주를 따르면서 짤랑짤랑 떠들었다.

강주는 이제 곧잘 오빠라는 소리를 했다. 능력이 있어야 오빠 소리를 듣는 모양이다.

엄마는 수줍은 미소를 지으며 강도에게 물었다.

"해도 되겠니?"

가장인 아들에게 허락을 받는 모양새다.

"힘들지 않겠어요?"

강도는 그게 걱정이다.

"남의 일을 해주는 것도 아니고 내 가게 일인데 신바람이 나면 나지 뭐가 힘들겠니?"

강도는 엄마가 무엇을 하든 힘들지 않고 행복하면 그걸로 그만이다.

"강도야, 마침 우리 집에서 가까운 상가 일 층에 목 좋은 가게가 나왔어."

손짓을 해가면서 설명을 하는 엄마의 눈이 반짝거렸다.

엄마는 그 가게가 얼마나 목이 좋은지, 그리고 보증금과 권리금이 시세보다 훨씬 싼 데다 근처에 초등학교와 중고등학교가 있는데도 인근에 분식집이 없어서 한번 해볼 만하다고 열성적으로 설명했다.

강도는 정말 오랜만에 엄마의 활기 넘치는 모습을 지켜보면서 가슴이 훈훈해졌다.

엄마가 한창 설명을 하고 있을 때 강도에게 전화가 왔다.

약한 진동음을 내고 있는 트랜스폰을 보니까 뜻밖에도 발신자가 항아다.

항아는 어제 오전에 부산영화제에 참석한다고 내려갔는데 새벽 3시가 넘어서 전화가 왔다.

그렇지만 지금은 강도가 가족끼리 오붓한 시간을 보내고 있으므로 방해받고 싶지 않았다.

받지 않으니까 항아가 계속 전화를 했다.

엄마는 강도가 자꾸 휴대폰으로 생각되는 손목시계를 들여다보자 잠시 얘기를 멈추고 강주와 함께 그를 말끄러미 바라보았다.

"엄마, 잠깐만요."

강도는 일어나서 주방 쪽으로 걸어가며 조그만 소리로 전화를 받았다.

"항아."

―오빠! 나 위험해! 어쩌면 좋아? 오빠!

기다렸다는 듯이 항아의 다급한 목소리가 와르르 쏟아져 나왔다.

강도는 움찔했다.

"무슨 일이냐?"

─나 지금 매우 위험해! 오빠! 어서 구해줘!

강도의 제 일감은 항아가 위험에 처했다는 것이다.

"항아, 전화 끊지 말고 기다려."

─아… 알았어, 오빠.

강도는 트랜스폰의 또 다른 기능을 작동했다.

GPS를 통해서 항아의 위치를 추적하는 것이다.

GPS가 반짝이고 있는 곳은 부산 해운대 센텀시티의 어느 호텔이었다.

강도는 급히 현관 밖으로 나가서 공계 이동간을 작동했다.

스우…….

두 세대의 현관문이 마주 보고 있는 엘리베이터 앞에 희뿌연 영상이 어른거리는가 싶더니 곧 항아의 모습이 나타났다.

머리를 틀어 올리고 몸의 굴곡이 여실히 드러나는 밝은 계통의 롱 드레스를 입었으며, 가슴이 움푹 파여서 터질 듯한 젖무덤이 절반이나 드러난 복장이다.

어느 누구라도 한 번 보면 눈을 떼지 못할 글로벌 대스타의 찬란하고 아름다운 여인의 모습이 거기에 있었다.

글로벌 대스타는 강도를 발견하고는 그대로 두 팔을 벌리며 안겨왔다.

"오빠!"

강도는 뼈가 없는 듯 나긋나긋한 항아의 허리를 안으며 재빨리 주위를 둘러보았다.

혹시 항아가 전송되어 오는 과정에 마족이나 요족이 묻어서 오지 않았을까 우려해서다.

그러나 흐릿한 센서등 아래에 강도에게 안겨서 뺨을 비벼오는 사람은 항아 혼자뿐이었다.

"항아……."

강도는 무슨 말을 하려다가 입이 막혀 버렸다.

품에 안긴 항아가 입술을 덮쳐온 것이다.

움찔 놀란 강도가 떼어내려고 했지만 항아는 두 팔로 그의 목을 결사적으로 끌어안고 젖먹이가 어미의 젖을 빨듯이 입술을 문지르며 빨아댔다.

'이 녀석.'

항아는 눈을 꼭 감고 입술을 부비면서 불분명한 어투로 중얼거렸다.

"나 떼어내면 죽어버릴 거야… 으음……."

강도는 어이가 없기도 하고 어떤 뜨거운 것이 가슴에서 불끈 치밀어 오르기도 한 상황이라 묵묵히 서 있기만 했다.

항아는 그의 입술을 벌리고 혀를 찾아냈다.

강도의 혀가 항아의 입속으로 스르르 빨려 들어갔다.

항아는 그의 혀를 입속에서 이리저리 굴리면서 침을 다 빨아먹을 것처럼 흡입했다.

강도의 머릿속에서 냉철한 이성이 점점 흐려지고 강력한 욕정이 스멀스멀 피어올랐다.

그는 자신이 항아를 힘주어 안고 한 손으로는 그녀의 엉덩이를 쓰다듬고 있다는 사실을 깨닫지 못했다.

항아는 늘씬하고 풍만한 몸을 꿈틀거리면서 야릇한 신음소리를 내며 이번에는 자신의 혀를 강도의 입속으로 부드럽게 밀어 넣었다.

강도는 마지막 한 가닥 붙잡고 있던 이성의 끈을 놓아버리고 항아의 혀를 빨면서 두 손으로는 그녀의 몸 곳곳을 쓰다듬었다.

"하악… 오… 오빠… 그만……."

항아가 할딱거리면서 강도 입에서 자신의 입을 떼며 우물거리는 소리를 냈다.

그런데도 그녀의 혀는 아직 그의 입속에서 유린당하고 있는 중이다.

그뿐만이 아니다.

강도의 손은 항아의 유방을 터질 것처럼 우악스럽게 짓뭉개고 있다.

"오… 빠……."

항아는 두 주먹으로 강도의 가슴을 때렸다.

그녀는 반가움이 앞서 강도에게 키스를 했다가 봉변을 당하고 있는 중이다.

항아가 가슴을 때리는 바람에 잠깐 잃었던 강도의 이성이 돌아왔다.

"······."

강도는 급히 항아의 혀와 유방을 놓고 뒤로 한 걸음 물러섰다.

"항아······."

항아는 드레스 위쪽이 통째로 벗겨져서 허리에 걸쳐져 있고 가슴과 허리까지 다 드러낸 모습이다.

가녀린 우윳빛 뽀얀 몸에 풍만한 한 쌍의 유방이 스스로 빛을 발하는 것처럼 흔들렸다.

항아는 드레스를 추스르면서 강도를 곱게 흘겼다.

"오빠 순 짐승 같아."

강도는 입이 백 개라도 할 말이 없다.

물론 항아에게 미안하지만 그보다도 아내 소유빈에게 천만 배는 더 죄스럽고 미안했다.

이까짓 유혹을 뿌리치지 못한 자신의 싸구려 몸뚱이가 저주스럽기까지 했다.

강도는 무림에서 결혼을 하여 아내가 있다.

그건 무림에서의 일이고 여긴 현 세계니까 경우가 다르다.

그리고 아내 소유빈하고는 생이별을 해서 다시 만날 기약이 없으므로 그녀는 이제 그만 잊는 게 좋다.

…라는 것은 한 번도 생각해 본 적이 없는 강도다.

무림이고 현 세계고 다 강도가 살아서 활동하던 곳이다.

또한 아내 소유빈은 언젠가는 반드시 현 세계로 데려올 계획이다.

연수나 미지는 수넉에 당했기 때문에 어쩔 수 없이 섹스를 했지만 항아는 다르다.

"항아."

강도는 진지한 얼굴로 항아를 불렀다.

"몰라. 오빠, 미워."

항아는 빨개진 얼굴로 강도를 흘기지만 그를 정말로 미워하는 것 같지는 않았다.

강도는 복잡한 표정을 지었다.

"나 결혼했다."

항아는 의아한 표정을 지었다.

강도의 말은 제대로 들었지만 그 뜻을 금세 이해하지 못했다.

"나 아내가 있어."

"무슨… 말이야?"

항아는 강도가 자길 놀리는 거라고 생각했다.

"나 결혼해서 아내가 있다고 말했다."

"언제……"

항아의 얼굴에 비로소 놀라움이 번지기 시작했다.

"3년 전에."

"오빠, 지금 24살이잖아."

"그래."

"그럼 21살에 결혼했다는 거야?"

"아니, 29살에 했어."

항아는 곱게 눈살을 찌푸렸다.

"그게 무슨 말도 안 되는 소리야? 오빠가 지금 24살인데 어떻게 29살에 결혼했다는 거야?"

강도는 24살에 무림에 가서 5년 후 29살에 소유빈과 결혼했으며 3년 동안 결혼 생활을 한 후에 32살에 현 세계로 귀환했었다.

그런데 돌아와 보니까 무림에 가 있었던 8년이 겨우 8분에 불과했었다.

항아가 정색을 했다.

"오빠, 지금 나 놀리는 거야?"

"그런 거 아냐."

"재미 하나도 없어."

항아는 토라진 모습으로 갑자기 강도네 집 현관의 벨을 눌렀다.

딩동~

"뭐 하는 거야?"

강도는 재빨리 팔을 뻗어 항아의 허리를 안고 계단으로 쏘아갔다.

휘익!

"앗!"

강도는 한남동 헤라하우스 항아네 집으로 공계를 해서 도착했다.

불이 꺼진 캄캄한 빌라의 거실에서 항아는 주위를 둘러보더니 자신의 집이라는 걸 깨닫고 풀이 죽었다.

"피이……."

강도는 항아의 허리를 감은 팔을 풀고 정면에서 그녀를 굽어보았다.

"항아, 내 말 잘 들어."

항아는 어둠 속에서 말끄러미 그를 올려다보았다.

"나는 이제 너한테 오지 않을 거다."

항아의 두 눈이 어둠 속에서 동그랗게 커졌다.

강도는 할 말을 계속 했다.

"나한테 전화하지 마라."

강도는 항아에게 나쁜 감정이 없다.

하지만 항아로 인해서 마음이 흔들리기 때문에 그녀를 멀리 해야만 했다.

항아는 강도가 결혼했다는 사실을 몰랐었고, 또 말을 해줘도 믿지 않기 때문에 그녀가 강도에게 대시하는 것이 그녀의 잘못이라고 할 수는 없다.

처녀가 총각을 좋아하고 대시하는 게 잘못일 수는 없다.

그러니까 방법은 하나다.

강도가 항아를 만나지 말아야 한다.

"오빠, 정말 나 만나지 않을 거야?"

항아의 목소리가 떨렸다.

"그래."

"내가 죽어도?"

"그래."

항아가 죽거나 죽을 위험에 처한다면 강도는 당연히 한달음에 달려올 것이다.

그래도 말은 냉정하게 했다.

"오빠."

커진 항아의 두 눈이 마구 흔들렸다.

강도가 손목의 트랜스폰을 만지자 항아가 두 팔로 그의 허리를 안았다.

"사랑해, 오빠."

강도는 한 손으로 항아의 머리를 밀어서 떼어내려고 했다.

"아까 오빠 집 앞에서 내가 오빠를 뿌리쳤기 때문에 화가 나서 이러는 거야?"

"그게 아니다."

"오빠, 여기서 자고 가."

강도는 허리를 감은 항아의 팔을 풀어냈다.

항아는 사형대 앞에 선 사형수처럼 절망적인 표정이다.

"응? 오빠, 여기서 자고 가."

그녀의 커다란 두 눈에서 눈물이 비 오듯이 쏟아져 내렸다.

강도더러 여기에서 자고 가라는 말은 자신의 몸을 그에게 주겠다는 뜻이다.

지금 그녀는 글로벌 대스타가 아니라 사랑을 갈구하는 가련한 한 명의 여자일 뿐이다.

강도는 약해지려는 마음을 다잡고 항아를 밀어냈다.

항아와 하룻밤을 보내는 것 때문이 아니라 그녀의 눈물과 몸부림에 마음이 약해지고 있다.

"안 돼! 오빠!"

항아는 자신이 그에게서 떨어지면 죽을 것처럼 몸부림치면서 달려들었다.

스우…….

그 순간 강도 모습이 그녀 앞에서 안개처럼 사라졌다.

"오빠! 으흐흑······!"

항아는 어둠 속에서 몸부림치며 절규하듯 울음을 터뜨렸다.

"오빠! 가지 마! 으흐흐흑······!"

항아는 어둠 속에서 울부짖다가 그 자리에 주저앉아 엎드려서 통곡했다.

항아의 전화를 받고 밖에 나갔던 강도는 10분 만에 엄마와 강주가 기다리는 거실로 돌아왔다.

항아 때문에 조금 우울해진 그는 어색함을 감추려고 애쓰면서 엄마, 강주와 30분 정도 더 어울리다가 각자 자신들의 방으로 들어갔다.

잠이 오지 않았다.

오늘 청와대에서 있었던 일들과 지금까지의 일들, 그리고 조금 전 항아와의 일들이 두서없이 마구 뒤엉켜서 머릿속을 꽉 채웠다.

"이슈텐······."

침대에 누워 두 손을 깍지 껴고 뒷머리를 받쳐 천장을 바라보고 있는 강도의 입에서 그런 중얼거림이 흘러나왔다.

오늘 청와대에서 만난 페헤르는 강도에게 꽤 많은 정보를 제공해 주었다.

그중에서 지하 세계 즉, 필드빌라그에 수십만 년 전부터 창조주로 숭상을 받고 있는 이슈텐이 존재했다는 사실이 충격적이었다.

"목소리뿐인 신이라고?"

페헤르의 그 말을 들었을 때 강도는 반사적으로 목소리뿐인 사부를 떠올렸었다.

그리고 뒤이어서 어쩌면 목소리뿐인 신과 목소리뿐인 사부가 동일 인물일지도 모른다는 생각이 들었다.

그렇지만 그런 의심은 그리 오래 가지 않았다.

그럴 이유가 없기 때문이다.

'그'가 창조주든 신이든 절대자든 그 무엇이든 간에 정신이 나가지 않고서야 무엇 때문에 마계와 현 세계를 싸움시킨다는 말인가.

창조주라는 존재가 원래 장난삼아서 그런 게임을 하며 소일하는 거라고 한다면 할 말이 없다.

누가 이기든지 상관하지 않고 그저 이쪽저쪽을 부추겨서 싸우게 만들어놓고 자신은 뒤에 숨어서 구경하며 혼자서 키득거린다면 그것 또한 어쩔 수 없는 일이다.

그러니까 창조주가 정신이 똑바로 박혀 있다는 전제가 밑바탕이 돼야 한다.

그렇게 가정한다면 창조주는 최소한 둘이어야 한다.

지금까지는 창조주를 일컫는 적당한 단어가 없으니까 그냥 페헤르가 말한 대로 푈드이슈텐과 킨트이슈텐이라고 하자.

그러니까 푈드이슈텐은 마계의 신이고, 킨트이슈텐은 현 세계의 신이다.

이유는 모르겠지만 두 이슈텐은 전면에 나서지 않고 어둠 속에 숨어서 전쟁을 벌이고 있다.

두 이슈텐은 자신들의 대리인을 내세웠다.

마계는 군주인 키라이우르이고 현 세계는 강도다.

페헤르의 말에 의하면 옛날에는 마족들이 푈드이슈텐의 모습을 직접 봤었는데 얼마 전부터는 보지 못했다고 했다.

현 세계는 어떤가?

기독교든 불교든 이슬람교든 고금을 통틀어서 신을 봤다는 사람은 부지기수였다.

그러나 강도는 신을 본 적이 없다.

그리고 지금도 목소리뿐인 사부가 신이라고는 믿지 않았다.

'어쨌든 목소리뿐인 사부를 끌어내고 또 마계, 요계와의 전쟁에서 무조건 이겨야 한다.'

강도는 천장을 뚫어지게 주시하며 다짐했다.

그러다가 그는 갑자기 벌떡 일어나 앉았다.

'요계는……'

그는 즉시 트랜스폰으로 전화를 했다.

"얏코, 어디냐?"

—아! 집이에요.

얏코가 화들짝 놀라는 모습이 보이는 듯했다.

"물어볼 게 있다."

—말씀하세요.

"아니, 만나서 얘기하자. 거기 좌표 보내라.

얏코는 더 놀랐다.

—여기에 오시게요?

"가는 길에 할일을 해야겠다."

—할일이시라면……

"너희 부족을 인간으로 만들어주마."

어차피 잠이 오지 않는 밤이다.

강도는 오전 11시 30분이 돼서야 얏코의 소부족인 겡게우
찌와(Gengeuziwa)의 요족 455명을 한 명도 빠짐없이 모두 인
간으로 만들어주었다.

그리고 요족 한 명을 인간으로 만들 때마다 그들의 몸에서
떼어낸 외카다무(정혈낭)를 다 먹었다.

사실 강도는 와다무라고 불리는 요족 남자의 겨드랑이와
여자의 사타구니에서 떼어낸 외카다무를 먹는 것은 그리 달
갑지 않았다.

그런데 얏코가 자신들 와다무들의 능력은 외카다무에서 나

오기 때문에 먹어두면 장차 도움이 될 거라고 부득부득 권하는 바람에 요족 한 명을 인간으로 만들어줄 때마다 얏코가 내미는 외카다무를 넙죽넙죽 받아먹었다.

처음에 시작할 때는 세븐마트 천호동 지점이었는데 끝날 때는 영등포 지점이었다.

지점장실에는 얏코네 일족이 모여 있다.

얏코 부모와 1남 3녀다.

얏코는 3녀 중에 둘째였다.

아버지는 요계 서열 2위 바우만이고 엄마는 3위 우쭈리다.

요계는 7개의 대부족으로 이루어졌으며 7명의 대부족장이 1위 드빌이다. 그리고 소부족의 부족장들이 바우만이며 부인들은 우쭈리다.

소부족 겡게우찌와를 계승할 유일한 아들인 얏코의 오빠는 바우만이고, 언니는 우쭈리, 얏코와 막내 여동생은 4위 말라칼이다.

아까까지만 해도 이들은 다 요족 와다무였지만 지금은 흠잡을 데 없이 완벽한 인간이 되었다.

지점장실 소파에 강도 혼자 앉아 있고 얏코네 가족은 그 앞쪽에 모두 서서 강도를 바라보고 있었다.

"이제 당신들이 살 곳에 대해서 의논해 봅시다."

얏코네 가족들은 모두 더없는 감사와 존경의 표정으로 강도를 바라보았다.

강도는 얏코의 아버지 바와(Bawa)에게 물었다.

"455명이 다들 모여서 살 거요? 아니면 흩어질 것이오?"

요족으로서는 중년의 나이인 22살의 바와는 공손한 자세를 취했다.

"신군께서는 그런 것까지 신경 쓰지 마십시오. 이제 우리들은 인간이 되었으니까 어디에서 무엇을 해도 떳떳하게 살 수 있습니다."

"돈은 있소?"

"넉넉합니다."

경험이 풍부한 강도는 부드럽게 미소 지으며 대답하는 바와의 속을 꿰뚫어 보았다.

바와는 자신들을 인간으로 만들어준 강도가 그저 고마워서 더 이상 폐를 끼치지 못하는 것이다.

강도는 이번에는 바와 옆에 서 있는 무척이나 아름다운 여인에게 물었다.

"부인은 어디에서 살고 싶소?"

바와의 부인이며 얏코 엄마인 20살의 루루(Lulu)는 방그레 미소 지었다.

"바닷가에 살고 싶어요."

"루루."

남편 바와가 조용한 목소리로 꾸짖었지만 루루는 꿈꾸는 듯한 표정을 지으며 말했다.

"우리가 살던 외방계의 겡게우찌와는 바닷가였어요. 옛날에는 물고기들과 해산물, 해초들이 풍부해서 살기 좋았었는데 지금은 황폐해져서 아무것도 살지 않아요."

루루는 두 손을 가슴에 모으고 강도를 바라보았다.

"우리 부족 최고의 꿈은 옛날처럼 풍요로운 바닷가에서 사는 거예요."

강도 옆에 서 있는 얏코가 기대하는 듯한 표정으로 덧붙였다.

"우리 부족의 주식은 해산물이에요."

강도는 잠시 뭔가 생각하다가 고개를 끄떡였다.

"그렇다면 바닷가를 알아봅시다."

"신군……."

이 집의 가장 바와하고 아들 와노(Wano)는 놀라고 당황해서 어쩔 줄 모르는 표정이다.

반면에 엄마를 비롯한 딸들과 와노의 부인은 미안하면서도 한편으로 사뭇 기대하는 표정들이다.

강도는 남자들을 쳐다보았다.

"배를 몰 줄 아시오? 현 세계의 어선 말이오."

"배워야 됩니다."

아들 와노가 조심스럽게 대답했다.

강도는 고개를 끄떡였다.

"남해안 쪽이 괜찮겠소. 적당한 도시나 마을을 찾아서 정착하여 남자들이 배를 타고 나가서 잡아오는 물고기로 생활을 하면 될 것이오."

"아아……."

여자들은 기쁨을 감추지 못하고 서로 얼싸안거나 손을 잡으며 환한 표정을 지었다.

"우선 현 세계의 어선 운전법이나 고기 잡는 법을 배우도록 하시오. 장소가 정해지면 당신들이 살 수 있는 집과 배를 구해주겠소."

얏코네 가족은 누구 할 것 없이 모두 꿈을 꾸는 듯한 표정을 지었다.

그러나 요족 와다무들은 현 세계의 인간들 같은 떠들썩한 감정 표현이나 감사의 인사 같은 것을 할 줄 몰랐다.

그저 감사는 마음 깊은 곳에서 조용히 되새길 뿐이다.

"오빠, 그러자면 돈이 많이 들 텐데요?"

집안과 부족의 사정에 대해서 잘 알고 있는 얏코가 조심스럽게 말했다.

"돈 걱정은 하지 마라."

구인겸이 준 거액이 있고, 모자라면 어떤 방법으로든 충당
할 수 있다는 생각이다. 그러나 모자라지는 않을 것이다.

바와가 가장 중요하게 생각하는 점을 꺼냈다.

"우리 와다무가 현 세계의 인간들 속에서 자유롭게 살지 못
하는 가장 큰 이유가 신분증, 그러니까 주민등록입니다. 우린
그것이 없기 때문에 이곳에서도 뿔뿔이 흩어져 숨어서 살고
있었습니다."

그는 강도에게 매우 고맙고 또 미안하게 생각하면서도 솔직
하게 말했다.

"그건 염려하지 마시오. 내가 손을 써보겠소."

얏코네 가족은 크게 놀랐다.

현 세계의 인간들에 섞여서 살고 싶어 하는 이들이 넘어야
할 큰 산은 3개였다.

첫째가 요족의 몸이 인간화되는 것.

둘째가 주민등록.

셋째가 거주지다.

그렇지만 그 세 가지 중에서 어느 것 하나도 녹록한 것이
없었다.

"당신의 부족 사람들 나이와 가족 관계 등을 적어주면 대한
민국의 주민등록을 발급받도록 해주겠소."

"그게 정말입니까?"

바와가 깜짝 놀라면서 물었고 다른 사람들은 믿어지지 않는다는 표정으로 강도를 쳐다보았다.

강도는 한아람을 불렀다.

스으…….

강도가 앉아 있는 소파와 얏코네 가족 사이에 갑자기 한아람이 유령처럼 나타났다.

"아아……."

얏코네 가족은 깜짝 놀라서 주춤거리며 뒤로 물러섰다.

한아람은 강도를 발견하더니 공손히 예를 취했다.

"주군."

강도는 옆에 서 있는 얏코를 가리켰다.

"아람아, 너 이 사람들에게 주민등록 만들어줘라."

"태청도사에게 말하면 됩니까?"

"그래."

태청도사란 도맹 현천자의 제자 태청을 가리킨다.

한아람은 강도와 그가 하는 일에 대해서 그보다 더 잘 알고 있는 유일한 사람이다.

강도가 대통령 내외와 혜원, 혜수 자매를 구해준 일로 대통령은 강도의 일을 전폭적으로 지원하겠다고 약속했었다.

그러므로 요족 455명의 주민등록을 만드는 일은 어렵지 않을 것이다.

그런데 갑자기 한아람을 제외한 실내에 있는 모든 사람이 강도를 향해 무릎을 꿇으며 바닥에 납작하게 부복했다.

"신군, 진심으로 감사드립니다."

강도는 여느 감사 인사려니 여겨서 심상하게 넘기려 했다.

그런데 바와가 이마를 바닥에 대고 뜻밖의 말을 했다.

"지금 이 순간부터 우리 겡가우찌와 일족의 목숨은 신군의 것입니다."

무림에서도 이런 일이 비일비재했었던 강도는 대수롭지 않게 손을 저었다.

"됐소."

바와가 목소리를 떨며 말을 이었다.

"우리 겡게우찌와에는 용맹한 음피가나지(Mpiganaji : 용사)가 120명 있습니다. 그들을 신군께 바치겠습니다."

얏코가 얼른 설명했다.

"음피가나지는 겡게우찌와의 전사예요. 아버지 말씀은 그들의 생사를 오빠에게 맡기겠다는 뜻이에요."

강도는 뜻밖이라는 표정을 지었다.

보통 감사 인사라고 하면 온갖 공치사나 재물로 때우는 것이 보통인데 이들은 사람을 그것도 겡게우찌와의 대들보라고 할 수 있는 전사들을 모두 바치겠다고 한다.

겡게우찌와 부족 455명 중에 120명의 전사라면 젊은 남자

혹은 여자까지 거의 전원일 것이다.

강도가 그들을 데리고 갔다가 전투에서 모두 죽는다면 갱게우찌와는 빈껍데기만 남게 된다.

강도는 이들이 그저 해보는 말이 아니라 진심이라는 것을 알아차렸다.

"음피가나지는 와다무 내부 사정이나 혹성에 대해서 잘 알고 있으므로 요긴하게 쓰일 것입니다. 부디 거두어주십시오."

동족과의 싸움에 써달라고 자신들의 젊은이 모두를 바치고 있는 바와를 대체 어떻게 생각하면 좋겠는가.

강도가 비록 길지 않은 시간 동안 이들과 지내보니까 사람들이 교활하지 않고 순박하며 수줍음이 많았다.

실내의 분위기가 너무 진지해서 만약 강도가 바와의 말을 거절하면 모두 자결이라도 할 것 같은 느낌이 들었다.

"고마운 말이지만 지금은 그들이 필요하지 않소."

강도는 엎드려 있는 바와의 몸이 움찔 떨리는 것을 보았다.

얏코가 조심스럽게 말했다.

"호의에 대한 거절은 와다무에겐 최대 치욕이에요. 오빠가 계속 거절하면 아버지는 오빠가 해주시는 것들을 아무것도 받지 않을 거예요."

강도는 조금 난감해졌다.

갱게우찌와 일족의 진심은 알겠지만 120명이나 되는 요족

전사들을 데려다가 어디에 쓴다는 말인가?

더구나 그들이 몰살이라도 당하면 겡게우찌와는 말 그대로 멸족이다.

"앞으로 필요하게 되면 말하겠소."

바와는 가만히 있다가 가라앉은 목소리로 말했다.

"그러시다면 제 아들과 큰딸을 받아주십시오. 그 아이들이 신군의 종이 될 겁니다."

"그건……."

"아들은 바우만이고 큰딸은 우쭈리입니다."

강도는 아들과 큰딸까지 받아들이지 않으면 바와가 정말 모욕을 느낄 것이라고 생각했다.

"그러겠소."

지점장실에는 강도와 바와, 얏코, 아들 와노 그리고 큰딸 음브웨(Mbwe)가 소파에 앉아 있다.

강도 옆에 얏코가 앉았고 다른 사람들은 맞은편에 나란히 앉아서 꼿꼿한 자세를 취하고 있다.

"하나 물읍시다."

강도는 툭 내뱉듯이 말했다.

그는 모두의 시선을 받으며 물었다.

"외방계에도 신이 있소? 조물주나 창조주 같은 것 말이오."

"있습니다."

바와가 진중한 목소리로 대답하며 고개를 끄떡였다.

그는 아까까지만 해도 겉은 사람의 모습이었으나 속은 요족 겡게우찌와의 소족장 바우만이었다.

두 개였던 눈동자가 지금은 인간처럼 하나가 되어 강도를 똑바로 응시했다.

"저희들 외방계 즉, 페르다우(Ferdau:동쪽의 낙원)의 창조주는 뭄바(Muumba)라고 합니다."

마계는 이슈텐.

요계는 뭄바.

현 세계는 하나님이다.

강도는 아까 새벽에 침대에 누워서 이런저런 궁리를 하다가 문득 요계에도 신이 있을 것이라는 생각을 했었다.

그래서 혹시 마계의 신과 요계의 신이 그들을 현 세계로 인도한 것이 아닐까 하는 의문을 품었다.

"뭄바는 언제부터 당신들과 함께 있었소?"

"태초부터입니다. 우리의 조상들이 30만 년 전 동아프리카의 고향을 떠나기 전부터 뭄바는 우리의 신이었습니다."

바와의 말을 얏코가 이었다.

"우리의 성전(聖典)에 기록된 바에 의하면 뭄바께서 우리에게 고향을 떠나 외방계 페르다우로 가라고 인도하셨다는군요. 그 덕분에 우리는 지구가 얼음으로 뒤덮였을 때 살아남았고요."

강도는 잠시 생각하다가 진지하게 물었다.

"혹시 마계의 신과 요계의 신이 하나일 가능성은 없소?"

와다무들은 자신들을 요계니 요족으로 부르는 것을 싫어하지만 강도의 말에는 기분 나쁜 표정조차 짓지 않았다.

바와는 단호한 표정으로 대답했다.

"절대 그럴 리가 없습니다."

"알겠소."

강도는 구인겸이 자신에게 준 한남동의 저택으로 갔다.

높은 담에 둘러쳐진 그곳은 500평 대지 위에 하나의 본채와 4개의 부속 건물로 이루어졌다.

강도는 오늘 이곳에 처음 와보았다.

수도방위사령부 가짜 사령관 노릇을 하던 마계의 마랑을 잡아서 한아람더러 이 저택 지하실에 감금하라고 했었다.

강도가 3층으로 된 본채 2층 거실 소파에 앉아 있는데 그 옆에 서서 한아람이 종알거렸다.

"한번 둘러보시겠어요?"

강도는 다른 명령을 내렸다.

"태청을 불러라."

강도가 세븐마트 영등포 지점에 있는 동안 태청의 전화가 한 번 왔었다.

범맹 무삼조장 자미룡이 거의 10분마다 태청에게 전화를 해서 악을 쓰고 있다는 것이다.

그런데도 태청은 강도에게 딱 한 번 전화를 해서 그런 일이 있었다고 남의 일 얘기하듯 했었다.

그렇지만 태청이 자미룡에게 얼마나 들볶이고 있을지 강도로선 안 봐도 비디오다.

자미룡이 태청에게 휴대폰이 불이 나도록 전화를 해대는 이유가 있다.

어젯밤 청와대에서 강도가 자미룡에게 일신결계를 쳐주지 않고 왔기 때문이다.

강도가 대통령 내외에게 일신결계를 쳐주겠다고 혜원과 혜수 자매에게 말하는데 자미룡이 톡 끼어들어서 대통령 내외 다음에 자기도 해달라고 부탁했었다.

그렇지만 강도는 그녀에게 일신결계를 해주겠다고 약속한 적이 없기 때문에 그냥 집으로 왔다.

강도는 새벽부터 조금 전까지 줄곧 생각하던 게 있기에 태청을 부르려는 것이다.

한아람이 휴대폰을 손으로 막고 강도를 바라보았다.

"자미룡이 옆에 있는데 주군께 같이 가도 되느냐고 여쭈어

보랍니다."

강도는 가볍게 고개를 끄떡였다.

30초도 지나지 않아서 강도 옆쪽에 태청과 자미룡이 나란히 전송되어 나타났다.

스스으…….

자미룡은 강도를 보자마자 가까이 다가서며 잡아먹을 것처럼 삿대질을 해댔다.

"이봐요! 당신! 사람이 왜 약속을 안 지키는 거예요?"

강도 오른쪽에는 바와의 아들 와노와 큰딸 음브웨가 나란히 서 있는데, 자미룡이 무엄하게 구는 걸 보고 음브웨가 강도에게 공손히 말했다.

"저 여자, 죽일까요?"

그렇지 않아도 흥분해 있는 자미룡은 음브웨의 말에 머리가 빡 돌아버렸다.

"그래, 이년! 어디 죽여봐라!"

그때 태청이 한쪽 발을 세게 구르며 꾸짖었다.

쿵!

"감히 어느 안전이라고 무엄하게 구는가!"

자미룡은 멍한 얼굴로 태청을 쳐다보았다.

"태청, 방금 나한테 그런 건가요?"

"한 번 더 실수를 저지른다면 내가 용서하지 않겠소."

원래 성질이 불같은 자미룡은 어이없는 표정을 지었다.

"태청, 당신 뭐 잘못 먹었어요?"

그때 강도가 조용히 입을 열었다.

"너 이름이 뭐냐?"

자미룡은 눈을 치뜨면서 강도를 쳐다보았다.

"방금 나한테 너라고 그랬나요?"

"이름이 뭐냐고 물었다."

자미룡은 화를 참느라고 새근거리는 숨소리를 냈다.

"하아… 정말 돌겠네, 이거."

강도는 자미룡을 보며 조용하게 말했다.

"내가 너에게 일신결계를 쳐주겠다고 약속했었느냐?"

"그걸 말이라고 하는 건가요?"

태청이 끼어들었다.

"주군께선 약속하지 않으셨소. 자미룡 그대가 일방적으로 해달라고 그랬던 것이오."

자미룡은 뜨악한 표정을 지었다.

"그… 랬었나?"

그러나 그녀는 곧 주먹으로 손바닥을 치며 따지고 들었다.

"어쨌든 내가 해달라고 부탁했었잖아요!"

"알았다. 해주겠다."

"엥?"

강도가 선선히 고개를 끄떡이자 자미룡은 외려 놀란 표정을 지었다.

강도는 태청을 쳐다보았다.

"너 무림에서 질풍대로 활동했었지?"

"그렇습니다."

태청은 즉시 허리를 굽혔다.

"현 세계에 질풍대가 몇 명이나 왔느냐?"

태청은 즉각 대답했다.

"14명입니다."

강도는 짧게 명령했다.

"불러라."

강도의 명령이 떨어지고 나서 2시간이 지났을 때 강도의 한남동 저택 별관에 14명의 청년이 모였다.

태청은 12명에게 절대신군에 대해서는 입도 벙긋하지 않고 단지 중요한 일이라고만 말했다.

그런데도 12명이 하던 일을 중지하고 앞다투어 태청의 트랜스폰으로 전송되어 한남동에 모였다.

그만큼 과거 무림에서 질풍대였던 청년들에게 태청의 신망이 두텁다는 사실을 알 수가 있다.

태청을 제외한 모두들 왜 비밀리에 모이라고 했는지 몹시 궁금한 표정들이다.

그러나 뭐니 뭐니 해도 누구보다도 속이 타는 사람은 자미 룡이다.

그녀는 강도가 질풍대를 소집하라고 명령하는 것을 바로 앞에서 직접 들었다.

뿐만 아니라 태청이 강도를 '주군'이라고 부르는 것을 들었 으며, 강도가 청와대에서 어떤 활약을 펼쳤는지도 누구보다 잘 알고 있다.

다른 12명의 질풍대보다도 훨씬 많은 것을 알고 있는 자미 룡인데도 아무리 골이 쪼개지도록 궁리를 거듭했지만 강도가 누구인지 도저히 짐작이 되지 않았다.

별관은 2층으로 되어 있으며 하나의 독립된 집으로 사용할 수 있도록 회의실이나 주방, 거실, 욕실, 15개의 호텔식 방들이 구비되어 있다.

아래층 거실 벽을 등지고 놓인 'ㄷ' 자 형태의 소파에 자미 룡을 비롯한 13명이 앉아 있다.

'ㄷ' 자의 터진 쪽에 혼자 서 있는 태청은 그 어느 때보다도 진지한 표정이다.

모두들 아무도 입을 열지 않고 태청을 주시했다.

과연 태청의 입에서 무슨 말이 나올지 잔뜩 기대하고 있다.

"자미룡."

그런데 태청의 입에서 나온 첫마디는 뜻밖에도 자미룡을 부르는 것이었다.

13명 중에 여자는 딱 2명뿐인데 자미룡은 그중 한 명이다.

그녀는 뜨악한 표정을 지으며 손가락으로 자신의 가슴을 찌를 듯이 가리켰다.

"나… 말인가요?"

"일어나시오."

'ㄷ'자 소파의 태청 정면에 앉은 자미룡은 엉거주춤 엉덩이를 들었다.

모두의 시선이 자미룡에게 쏟아졌다.

제아무리 기가 센 자미룡이지만 이런 상황에서는 한풀 꺾일 수밖에 없다.

"왜… 그러죠?"

태청은 굳은 얼굴로 조용히 말했다.

"다시 한 번 주군께 무례를 범하면 내 손으로 직접 그대를 죽일 것이오."

"……."

자미룡은 설마 태청이 그렇게 말할 줄 꿈에도 짐작하지 못했었기에 날카로운 창이 심장을 푹 쑤신 것 같은 표정을 지으며 아무 말도 하지 못했다.

"태청……."

평소의 자미룡이었다면 태청에게 바락바락 대들었겠으나 지금은 상황이 다르다.

태청의 표정으로 보나 분위기로 봐도 이건 절대로 바락바락 대들 일이 아니다.

"예전의 주군이셨다면 자미룡은 아까 그 자리에서 주군의 일장에 죽었을 것이오."

지렁이도 밟으면 꿈틀거린다고 했다.

자미룡은 조금 발끈했다.

"도대체 그가 누군데 그래요?"

"그대가 무림에 있을 때 누가 천하제일인이었소?"

자미룡은 생각할 것도 없다는 듯 대답했다.

"그야… 절대신군이었죠."

"누가 천하를 일통했소?"

"그야… 절대신군……."

넙죽넙죽 대답하던 자미룡은 갑자기 뒷골이 찌르르했다.

"설마……."

그녀는 입으로는 '설마'라고 하면서 마음속으로는 이미 감이 팍! 왔다.

그녀는 울상이 되어 더듬거렸다.

"그… 분인가요?"

"그렇소."

"아아……."

자미룡은 머릿속이 탈색된 것처럼 하얘져서 소파 앞쪽 바닥에 털썩 무너지듯이 무릎을 꿇었다.

온몸의 힘이 빠지고 눈물이 줄줄 흐르는데 입에서 실성한 듯한 중얼거림이 흘러나왔다.

"이런, 젠장… 내가 죽으려고 환장했지."

질풍대 12명은 혼비백산하여 일제히 자리를 박차고 일어나 태청에게 몰려들었다.

"태청! 정말 신군이신가?"

"정말인가? 정말 신군이 오셨어?"

"아아… 믿을 수 없는 일이 일어났어……!"

그때 태청이 갑자기 부동자세를 취했다.

"말씀하십시오."

본채에 있는 강도가 천리전음을 보낸 것이다.

"알겠습니다."

태청은 강도가 보이지 않는데도 공손히 허리를 굽혔다.

모두 극도로 긴장된 표정으로 태청을 주시했다.

태청은 모두를 둘러보면서 나직하고도 짧게 말했다.

"신군을 배알한다."

자미룡을 제외한 12명은 흥분의 도가니에 휩싸였다.

"아아… 이게 얼마 만에 신군을 뵙는 것인가?"

"신군을 뵙다니… 내 생애 최고의 영광이다……!"

그들 중에는 무림에서 절대신군을 본 사람도 있고 처음 보는 사람도 있었다.

넓은 거실에 의자 하나를 내놓고 거기에 강도가 앉아 있다.

뒤에는 차동철과 진희, 염정환, 한아람, 와노, 음브웨가 나란히 서 있다.

척!

정면의 현관문이 열리고 태청을 필두로 질풍대가 일렬로 들어서기 시작했다.

태청을 비롯하여 모두들 고개조차 들지 못하고 발소리도 내지 않은 채 들어와 왼쪽에서 오른쪽으로 날개를 펴듯 일렬로 도열했다.

14명 중에서 무림에서 절대신군을 직접 본 사람은 태청을 비롯하여 겨우 4명뿐이고 나머지는 그런 행운을 잡지 못했었다.

그러나 4명이 절대신군을 봤었다고 해도 이렇게 가까운 거리가 아니었다.

무림의 최고배분들이라고 해도 절대신군과 10m 이상의 거리를 유지했었다.

하물며 무림의 후기지수였던 질풍대야 두말할 나위가 없다.

"고개 들어라."

강도의 조용하고도 나직한 목소리가 실내를 울렸다.

14명은 움찔 몸을 떨면서 일제히 고개를 들고 강도를 바라보았다.

그들의 5m 앞에 절대신군이 의연하게 앉아 있다.

검은 점퍼에 청바지, 운동화를 신고 짧은 머리카락에 수염이 없는 젊은 모습이다.

무림에서 절대신군의 나이는 35세 전후로 알려져 있었다.

강도는 실제 현 세계로 돌아오기 직전의 나이가 32살이었다.

무림에서의 그는 아내 소유빈의 권고로 수염을 길렀기 때문에 나이보다 몇 살 더 들어 보였었다.

그런데 지금은 24살 새파란 청년의 모습이다.

그러나 무림에서 강도를 본 적이 있는 몇 사람은 그를 보는 순간 절대신군이라는 것을 즉시 알아차렸다.

그 순간 태청을 제외한 3명이 강도를 향해 그 자리에 풀썩 엎어지듯이 부복했다.

"신군을 뵈옵니다!"

다른 사람들도 화들짝 놀라서 낙엽이 떨어지듯이 우수수 부복했다.

자미룡은 설마 하는 표정으로 상황을 살피고 있다가 벌겋게 달군 인두로 궁둥이를 지진 것처럼 그 자리에 고꾸라졌다.

강도는 자신을 향해 납작하게 부복한 태청을 제외한 13명을 굽어보며 나직하게 말했다.

"너희들에게 묻고 싶은 것이 있다."

강도는 태청을 쳐다보았다.

"태청도 포함된다."

맨 오른쪽에 서 있던 태청은 즉시 부복했다.

강도의 나직하지만 웅혼한 목소리가 실내를 울렸다.

"너희들 내 수하가 되겠느냐?"

"목숨을 바치겠습니다!"

"거두어주십시오!"

강도의 말이 떨어지기 무섭게 14명이 한목소리로 크게 소리쳤다.

그들이 내뱉은 말은 제각기 다르지만 수하가 되겠다는 뜻은 다 똑같았다.

"나는 현 세계에서 질풍대를 만들려고 한다."

"아······."

"질풍대······."

청년들의 몸이 후드득 떨렸다.

무림에서 '질풍대'라는 말은 여러 의미를 지니고 있었다.

젊음, 협의, 용맹, 군계일학 같은 의미들이다.

천하무림의 젊은이들은 어느 누구라도 질풍대에 들어가기를 갈망했었으나 아무나 들어갈 수 있는 곳이 아니었다.

질풍대는 무림의 꽃이었으며 질풍대원이 나타나는 곳에는 많은 미녀와 영웅들이 구름처럼 몰려들었다.

부복한 청년들 중 몇 명은 얼굴 가득 놀라움과 기쁨을 떠올리며 고개를 들어 강도를 보다가 다시 급히 이마를 바닥에 댔다.

"질풍대를 주축으로 마계와 요계를 격멸하고 현 세계의 평화를 도모하겠다."

청년들은 감동과 기쁨을 주체하지 못하고 몸을 떨면서 탄성을 터뜨렸다.

"각자 맹에서의 일을 정리하고 내일 다시 이곳에 모여라."

태청을 비롯한 14명은 본채에서 물러나 다시 별관 회의실에 모였다.

"모두들 비밀 준수가 최우선임을 명심하게."

태청의 말에 청년들은 진지하게 고개를 끄떡였다.

"모두 내일 이곳에 모이면 주군께서 정식으로 질풍대를 발족하실 걸세."

불맹의 최고봉인 무당에서도 제1조장을 맡고 있는 공명(空明)이 눈을 빛내며 태청에게 물었다.

"태청, 신군께선 언제 오셨는가?"

소림사 장문인 혜광선사의 수제자인 공명과 무당과 장문인 현천자의 적전제자 태청은 무림에서도 그리고 현 세계에서도 서로 막역한 벗이다.

"나도 자세한 건 모르네. 하지만 신군께선 그동안 현 세계에서 많은 일을 하셨네."

"그게 뭔가?"

"다들 분당 야탑의 인중병원, 그리고 서울대양병원의 일을 알고 있겠지?"

"그것들을 신군께서 하셨나?"

"그렇네."

"아아… 과연."

"역시 신군이시다……!"

태청은 잔뜩 주눅이 들어 있는 자미룡을 쳐다보았다.

"자미룡이 할 말이 있는 것 같네만."

"에?"

자미룡은 깜짝 놀라 태청을 쳐다보았다.

"신군께서 어젯밤에 무엇을 하셨는지 자미룡보다 더 잘 알고 있는 사람은 없을 걸세."

"아… 그거."

풀이 죽어 있던 자미룡은 할 일이 생겼다는 기쁨에 강도가 어젯밤에 청와대에서 어떤 활약을 펼쳤는지를 손짓 발짓 섞어가면서 다소 과장해서 장황하게 설명했다.

자미룡의 설명이 끝나자 다들 환한 표정으로 박수를 치거나 어깨를 들썩이고 또는 엄지손가락을 치켜들며 환호했다.

"와우! 굉장하군!"

"대통령 내외를 구하시다니, 그건 오로지 신군만이 하실 수 있는 일이야!"

"최고야! 삼맹이 못 한 일들을 신군께서 며칠 만에 다 해치우셨군!"

"마계에 대해서 그토록 자세히 알아내신 것도 큰 성과일세!"

"하하하! 그뿐인가? 마계의 영주라는 페헤르외르데그를 어린애 다루듯이 갖고 노실 분은 신군뿐일세!"

태청이 정리를 해주었다.

"마계를 푈드빌라그라고 한다네. 그리고 그곳의 실질적인 서열 1위는 군주인 키라이고, 2위가 페헤르외르데그일세."

"그럼 우리가 1위라고 알고 있던 위강은?"

"위강은 빌람이라고 하는데 3위일세. 4위가 마랑인 렐레크부바르일세."

무림 오대세가 중에 남궁검가(南宮劍家)의 소가주인 남궁연(南宮淵)이 물었다.

"푈드빌라그에도 신이 있다면서?"

"이슈텐이라고 한다네."

"그렇다면 이슈텐이 1위가 아닌가?"

태청은 고개를 가로저었다.

"신은 서열을 매길 수가 없네. 신은 단지 신일 뿐이지."

범맹 무당 제2조장이기도 한 남궁연은 고개를 끄떡였다.

"맞아. 우리 절대신군께서 서열을 매길 수 없는 신인 것처럼 말이야."

다들 남궁연의 말에 크게 동감했다.

태청이 주위를 환기시켰다.

"내일 우리가 이곳에 다시 모이면 14명이 질풍대로 새롭게 태어나는 걸세."

다들 힘차게 고개를 끄떡였다.

그때 누군가 나직한 목소리로 노래를 부르기 시작했다.

"바람이 말하기를 영웅이 가는 길은 멀고 험하다고 했네."

그러자 한두 명이 따라서 불렀다.

"태산이 말하기를 영웅이 넘을 산은 하늘에 닿았다고 했네."

그러더니 어느새 14명이 오른손을 들어 자신의 가슴을 쿵쿵 두드리며 합창을 했다.

"그녀가 말하기를 영웅이 가는 길엔 아름다운 미녀들이 발을 잡는다고 했네!"

"동해 바다가 말하기를 영웅이 가는 길엔 폭풍이 몰아친다고 했네!"

"아아아! 다 무너뜨리고 우리는 질풍노도가 되어 가련다!

그 너머에 정의가 있으니까!"

이 노래는 질풍대가 무림을 종횡할 때 불렀던 이른바 질풍
영웅가(疾風英雄歌)다.

질풍대 14명의 가슴속에서 용광로보다 뜨거운 불길이 활활
타올랐다.

제21장
수노(SUNO)

　소유빈은 현 세계에 온 이후 처음으로 범맹이라는 곳에 갔다.

　무림에서 절대신군의 심복이었던 사대천왕의 주봉이 소유빈을 안내했다.

　지금 소유빈은 응접실 소파에 범맹 부맹주 유성추혼과 마주 앉아 있다.

　무림에서 유성추혼의 나이는 38세였으나 현 세계로 돌아와서는 28세가 되었다.

　그는 무림에서 10년 동안 머물렀다.

　그는 어느 문파나 방파, 조직에도 속한 적이 없지만 천하를 종횡하면서 수많은 협행을 한 덕분에 유성추혼이라는 별호는 모르는 사람이 없을 정도가 됐었다.

그가 범맹의 부맹주가 된 지 어느덧 1년 4개월이 되었다.

그런데 지금 그는 맞은편에 앉아 있는 소유빈을 보면서 한마디도 하지 못하고 있다.

이유는 간단했다.

어이없게도 소유빈의 미모와 자태에 압도당했기 때문이다.

유성추혼은 무림에서 10년이나 있었지만 천하제일미 소유빈을 직접 본 적이 한 번도 없었다.

소유빈은 미모도 미모지만 풍기는 우아한 자태와 고즈넉한 분위기가 보는 사람의 영혼을 묶어버릴 지경이다.

그런 점에서 유성추혼도 예외는 아니었다.

그는 원래 여자를 밝히는 사람이 아니지만 소유빈 앞에서는 범맹 부맹주도 유성추혼도 아닌 그저 한 남자일 뿐이다.

주봉은 인사도 하지 않고 소유빈만 뚫어지게 주시하고 있는 유성추혼을 보면서 실소를 감추지 못했다.

'부맹주도 남자였군?'

주봉은 침착한 표정으로 주위를 환기시켰다.

"부맹주, 말씀하세요."

"어……"

유성추혼은 움찔 놀라며 정신을 차렸다.

"아… 결례했습니다. 용서하십시오."

그는 자신이 여자의 미모와 분위기를 보고 잠시 정신이 나갔었다는 사실에 부끄러움을 느끼지 않았다.

세상의 어떤 남자라도 소유빈을 보면 그럴 수밖에 없다고 생각하기 때문이다.

소유빈은 아무 말도 하지 않고 가볍게 고개만 숙였다.

그녀는 유성추혼처럼 자신을 보고 넋이 나간 사람 특히 남자들을 많이 봤었다.

그래서 유성추혼도 그런 사람들 중에 한 명이라고 생각했을 뿐이지 실망 같은 건 하지 않았다.

소유빈을 보고도 넋이 나가지 않는 남자를 찾아보기란 어려울 것이다.

남자라면 그녀를 보는 순간 넋이 달아날 수밖에 없다.

그건 남자들의 잘못이 아니라 너무도 아름다운 그녀의 잘못이다.

그렇지만 소유빈은 자신을 보고도 아무런 반응이 없었던 한 남자를 기억하고 있다.

소유빈은 그 남자를 사랑하게 되었고, 그 남자는 결국 그녀의 남편이 됐었다.

유성추혼이 무림식으로 포권을 해보였다.

"최정훈입니다."

주봉은 범맹 부맹주 유성추혼을 알게 된 지 며칠밖에 안됐지만 그가 자신의 이름을 밝히는 경우가 매우 드물다고 주위 사람들에게 들었다.

소유빈은 가볍게 고개를 까딱거렸다.

"소유빈이에요."

유성추혼 최정훈은 빠르게 정신을 차리고 곧장 본론으로 들어갔다.

"신후(神后)께서 범맹에 계시기를 바랍니다."

소유빈은 주봉에게 현 세계의 상황에 대해서 자세히 설명을 들어서 잘 알고 있다.

"신후께서 범맹에 계시면 신군께서 찾아오실 겁니다."

소유빈은 가라앉은 차분한 목소리로 입을 열었다.

"기다리는 것 말고는 그분을 찾을 다른 방법이 없나요?"

"현재로선 없습니다."

주봉 말로는 강도가 분명히 현 세계에 왔다고 했다.

강도가 무림에서 현 세계로 월계를 하는 과정에 삼맹이 서로 신군을 자신들 쪽으로 모셔가려고 다툼을 벌였고, 그 와중에 누군가 월계를 트위스트하는 바람에 강도는 본래 도착해야 할 곳에 제대로 안착하지 못했다는 것이다.

유성추혼 최정훈은 진지하게 부탁했다.

"범맹에 계셔주십시오."

"바빠요."

사실 소유빈은 바이올린 연주에 관한 일 때문에 눈코 뜰 새 없이 바쁘다.

"저희 범맹에 상주하시라는 게 아닙니다. 신후의 적(籍)만 여기에 두시고 활동은 자유롭게 하시라는 겁니다."

소유빈은 이미 그 말을 주봉에게 들었다.

"알겠어요."

소유빈은 입술을 살짝 깨물고 나서 최정훈을 똑바로 바라보며 물었다.

"절대신군이 수노인가요?"

최정훈은 '어?' 하는 표정을 짓더니 주봉을 쳐다보며 약간 핀잔하는 눈빛을 보였다.

'수노'에 대해서 주봉이 소유빈에게 말해주었을 것이라고 짐작한 것이다.

선지자 수노에 대한 전설이 있다.

지구상의 질서 체계가 무너지면서 시공간이 이지러지고 그 과정에 무림의 뛰어난 인물들이 현 세계로 오는 일이 생겼다.

그중에 무공이 화경(化境)에 이른 인물이 하나 있었는데 나중에 그를 수노(SUNO)라고 부르게 되었다.

수노는 에스페란토어로 '태양'이라는 뜻이고 수노는 무림에서 입신의 경지에 든 천하제일인이었다.

수노는 현 세계가 마계와 요계에 짓밟히고 있다는 참담한 현실을 알아내고 무림에서 현 세계로 건너온 몇 명의 절정고수들을 규합하여 맹을 조직했다.

여기까지가 지금까지 알려진 전설이다.

불맹에서는 수노가 불가의 고승이라고 말하면서 불맹을 제일 먼저 만들었다고 얘기한다.

같은 전설을 차용해서 쓰고 있는 도가에서는 수노가 도가의 전설적 도인이라고 말한다.

그리고 범맹에서는 수노가 삼라만상을 초월한 절대자이며 범맹을 세웠다고 각자 자기들 입맛에 맞도록 선전해 왔다.

최정훈은 잠시 생각에 잠겼다가 무겁게 고개를 끄떡였다.

"그렇습니다. 절대신군이 수노입니다."

소유빈은 삼맹이 수노에 대해서 꾸며낸 전설이 아닌 진짜 얘기를 주봉에게 들었다.

물론 주봉은 현 세계에 와서야 그 사실을 알게 되었다.

"그럼 그는……."

소유빈은 복잡한 표정을 지었다.

"그는 사람이 아닌가요?"

최정훈은 착잡한 표정으로 대답했다.

"거기에 대해서는 저도 정확하게 모릅니다."

그는 정중하게 다시 한 번 부탁했다.

"신후, 적을 범맹에 두시겠습니까?"

소유빈은 고개를 끄떡였다.

"그러겠어요."

강도는 한남동 저택 지하실에 감금한 마랑 렐레크부바르를 30분 동안 심문하고 있다.

그 결과 마계 푈드빌라그가 수도방위사령부를 장악한 이유가 무엇인지에 대해서 알아냈다.

마계는 대한민국을 통째로 장악하기 위해서 우선 청와대와 수도 서울을 수중에 넣으려는 계획이었다.

강도는 그런 계획을 미리 알고서 행동했던 것은 아닌데 결과적으로 마계에게 큰 치명타를 날린 격이 되었다.

"너는 소속이 어디냐?"

강도의 물음에 시멘트 바닥에 앉아 있는 마랑이 피곤한 모습으로 강도를 쳐다보았다.

"그게 무슨 말이냐?"

"네가 사는 영지가 어디냐는 말이다. 16번 영지냐?"

"아… 그걸 어떻게 아느냐?"

마랑은 크게 놀랐다.

강도가 청와대에서 죽인 페헤르외르데그가 마계 푈드빌라그 제16번 영지의 영주라고 했었다.

그래서 넘겨짚은 것인데 제대로 찍었다.

입을 반쯤 벌리고 있는 마랑의 입안에서 톱처럼 날카로운 이빨이 반짝거렸다.

"너… 우리 영주님을… 페헤르외르데그를 만났느냐?"

마랑의 왕방울처럼 커다란 눈이 깜빡거렸다.

"그렇다."

마랑은 불길함에 움찔했다.

강도가 페헤르외르데그를 만났으면서도 버젓이 살아 있다는 사실이 마랑을 불안하게 만들었다.

"거… 짓말하지 마라."

마랑은 자신 없게 중얼거렸다.

"아주 잘생겼더군. 사내답고."

"흐으……"

마랑의 얼굴이 보기 싫게 일그러졌다.

"너… 영주님을 정말 만났구나……"

강도는 마족의 표정이 표출하는 의미를 알지 못하지만 지금 마랑의 표정은 참담함일 거라는 생각이 들었다.

"청와대에서 대한민국 대통령을 조종하고 있던 영주가 네 상전이라면 나는 분명히 그를 만난 적이 있다."

"으음."

마랑은 영주 페헤르외르데그가 어떻게 됐는지 묻는 것이

두려운 듯 잠시 침묵하고 있다가 떨리는 목소리로 물었다.

"영주님은 어떻게 됐느냐?"

"죽었다."

강도는 간단하게 대답했다.

마랑이 입을 크게 벌린 채 강도를 멍하니 쳐다보았다.

강도 좌우에 서 있는 한아람과 와노, 음브웨는 묵묵히 마랑을 굽어보았다.

마랑은 마지막으로 기를 쓰면서 강도를 쳐다보았다.

"나는 네가 영주님을 죽였다는 말을 믿지 않는다. 우리 영주님은 정말 강하다."

"그런가?"

"필드빌라그의 67명의 영주 페헤르외르데그 중에서도 우리 영주님은 상위권이다. 네가 비록 강하지만 우리 영주님은 쉽게 당할 분이 아니시다."

강도로선 마랑이 페헤르의 죽음을 믿든 말든 상관이 없다.

"너, 대한민국에 들어와 있는 마족에 대해서 아는 대로 말해줘야겠다."

마랑은 왕방울처럼 커다란 눈으로 초점 없이 강도를 멍하니 바라보았다.

강도가 마랑에게 제16영지의 영주 페헤르외르데그의 죽음에 대해서 말한 이유는 마랑을 자포자기하도록 만들려는 의

도였다.

과연 마랑은 많이 풀죽은 모습이다.

"나는 자세한 것은 모른다."

강도는 마랑이 뭔가를 감추려는 것 같지는 않다고 생각했다.

"아는 대로 말해라."

고개를 숙이고 있던 마랑이 강도를 쳐다보았다.

"영주님의 마지막 모습을 말해다오."

마랑은 페헤르외르데그의 죽음을 받아들이는 것 같았다.

"그는……."

강도는 두 팔이 잘려진 채 초연한 모습으로 서 있던 페헤르
외르데그의 마지막 모습을 떠올렸다.

"페르데그는 마지막에……."

"영주님을 모욕하지 마라! 그분은 페르데그가 아니라 페헤
르외르데그다!"

마랑이 바락바락 외쳤다.

그때도 그랬었다. 강도가 페르데그라고 부르니까 그는 모욕
이라고 화를 벌컥 냈었다.

그러고는 자신을 페헤르라고 부르도록 했다.

"페헤르는 푈드빌라그가 전쟁에서 패하면 자신의 영지의 백
성들에게 자비를 베풀어달라고 내게 부탁했다."

"아아… 영주님……."

마족은 눈물을 흘리지 않지만 마랑은 통곡을 하는 것 같은 표정으로 온몸을 떨었다.

"영주님께서 그렇게 말하셨다면… 당신이 킨트이슈텐이라도 된다는 말인가?"

"페헤르가 그렇게 말하더군."

마랑은 큰 눈을 더욱 크게 뜨고 강도를 쳐다보았다.

"킨트이슈텐……"

이후 마랑은 자신이 알고 있는 것들을 순순히 털어놓았다.

하지만 그는 그다지 많은 것을 알고 있지 못했다.

강도는 오른손을 뒷머리 쪽으로 가져갔다.

슥—

츠응…….

특유의 음향과 함께 롱소드가 나타났고 강도는 그걸 뽑았다.

롱소드 뽑는 음향에 마랑이 움찔 몸을 떨다가 강도의 손에 쥐어져 있는 롱소드를 보고 부르르 세차게 몸을 떨었다.

"이거자그(Igazság)……"

마랑이 롱소드를 보고 참담하게 중얼거리는 걸 보고 강도는 그게 롱소드의 이름일 거라고 생각했다.

"이거자그가 무슨 뜻이냐?"

"정의……"

큰 충격을 받은 마랑이 중얼거렸다.

과연 제16영지의 영주 페헤르외르데그가 추구하던 정의는 무엇일까?

마랑의 얼굴이 복잡하게 일그러졌다.

"영주님께서 돌아가시면 이거자그가 사라지는데… 어째서 당신이 갖고 있는 거지?"

"그가 주었다."

마랑은 몹시 놀라는 표정을 짓더니 잠시 후에 담담해졌다.

"부탁한다. 이거자그로 날 죽여주겠는가?"

"그러지."

"푈드빌라그의 무기를 사용하면 푈드엠베르의 목을 자르지 않아도 죽는다."

마랑의 말인즉, 마계의 무기를 사용하면 구태여 마족의 목을 자르지 않아도 죽는다는 것이다.

"너 심장이 어디에 있느냐?"

강도의 물음에 마랑은 아래를 내려다보았다.

"여기… 가슴 한복판에……."

롱소드 이거자그로 마랑의 가슴 한복판을 깊게 찔렀다.

푹!

"끄윽……."

마랑은 푸드득 몸을 떨다가 강도가 이거자그를 뽑자 옆으로 풀썩 쓰러졌다.

와노가 마랑을 살펴보고 나서 공손히 말했다.

"죽었습니다."

한남동 저택 본채 이 층 거실에는 하나짜리 최고급의 일인용 소파가 있는데 지금 강도는 거기에 앉아 있다.

마랑은 죽기 전에 많은 내용을 실토하지는 않았다.

하지만 강도는 그것들을 토대로 지금까지의 과정을 생각하고는 어떤 결론을 내렸다.

'마계는 주로 군대 쪽에 주력하고 있다.'

대통령을 허수아비로 만들고 군부를 장악하면 대한민국을 통째로 먹을 수 있다고 생각한 것이다.

"주군."

그때 한아람이 조심스럽게 강도를 불렀다.

그녀는 트랜스폰에 뜬 긴급 메일을 보고 있었다.

중요한 정보는 삼맹이 서로 공유하고 있다.

"범맹 소속 풍당 제8조장이 방금 살해당했다고 해요."

"살해?"

"풍팔조장은 부름을 받고 WCMT 본부에 왔다가 휴게실에서 당했는데 CCTV에 킬러가 찍혔대요."

강도는 문득 불맹 BCMT 본부 엘리베이터 안에서 살해당한 가짜 산예도가 떠올랐다.

"죽은 풍팔조장이 누군지 아세요?"

"누구냐?"

"산예도예요."

강도의 미간이 좁혀졌다.

"범맹이 삼맹 전체 전사의 휴대폰에 킬러의 사진을 전송했어요."

강도는 즉시 자신의 트랜스폰을 조작했다.

화면에는 범맹 휴게실 CCTV를 보면서 살짝 미소 짓고 있는 중절모를 쓴 준수한 사내의 모습이 떠올랐다.

강도의 얼굴이 차가워졌다.

"질코스로군."

한아름은 깜짝 놀랐다.

"불맹에서 가짜 산예도를 죽인 그 질코스인가요?"

"그래."

"아… 그렇다면 범맹의 산예도는 진짜겠군요."

마계 킬러 질코스는 자신이 불맹에서 죽인 산예도가 가짜라는 사실을 알아냈을 것이다.

그래서 진짜를 찾아내서 죽인 것이다.

강도는 소파에서 일어났다.

슥—

"이놈을 잡아야겠다."

CCTV에는 휴게실로 불쑥 들어온 질코스가 그곳에 있는 3명에게 말을 걸고 있는 광경이 나왔다.

"누가 산예도지?"

휴게실의 두 사람이 한 청년을 쳐다보았고, 그 청년이 질코스에게 물었다.

"나요. 무슨 일이오?"

"별일 아냐. 그냥 죽어달라는 거지."

질코스가 재빨리 오른팔을 뻗자 소매에서 새카맣고 긴 쇠붙이가 튀어 나가 산예도의 목을 찔렀다.

뒤이어서 질코스는 반격을 가하려는 나머지 2명을 번갯불에 콩 구워먹는 것처럼 죽이고는 CCTV를 쳐다보며 아름다운 미소를 지어 보였다.

그러고 나서 휘파람을 불며 유유히 사라졌다.

그가 휘파람으로 부는 곡은 탱고 라쿰파르시타였다.

강도가 시간을 보니까 PM 2:47이라고 나왔다.

그때 거실에 태청과 3명의 청년이 전송되어 나타났다.

질풍대 청년들이다.

강도는 그들이 무릎을 꿇고 부복하려는 것을 슬쩍 손을 흔들어서 무형강기를 발출하여 제지하고는 휴대폰으로 현천자 구인겸과 통화했다.

"현천, 질코스를 잡아야겠다."

─CCTV 보셨습니까?

'현천'이라는 말에 태청과 청년들이 움찔 놀랐다.

그들은 '현천'이 태청의 사부인 무당파 장문인 현천자라는 사실을 즉각 알아차렸다.

"범맹 주변 CCTV를 동원해서 놈의 위치를 알아내게."

─총본을 이용하십시오.

그런데 구인겸이 슬쩍 엇나갔다.

"뭐라고?"

강도가 슬쩍 인상을 쓰자 태청 등은 부쩍 긴장해서 그를 쳐다보았다.

─삼맹은 총본의 시스템을 이용하고 있습니다. 총본은 대한민국 전체 CCTV뿐만 아니라 인공위성으로 GPS를 활용하기 때문에 질코스를 잡는 건 시간문제입니다.

"이봐, 현천. 그걸 자네가 해달라는 말이야."

강도의 언성이 조금 높아졌다.

태청 등은 강도가 도맹 부맹주 현천자를 꾸짖고 있는 걸 보면서 아연 오금이 저렸다.

현 세계에서 현천자를 꾸짖을 수 있는 사람은 강도가 유일할 것이다.

―도맹의 CCTV만을 원하신다면 기꺼이 해드릴 수 있습니다. 하지만 질코스를 잡을 수 있을지는 미지수입니다. 하지만 총본의 GPS를 이용하면 100% 질코스의 위치를 확보할 수 있습니다.

"그걸 자네가 하라는 말이야."

―총본을 직접 움직일 수 있는 사람은 한 분뿐입니다.

그 사람이 강도라는 것은 두말하면 잔소리다.

구인겸은 어떻게 해서든 강도가 총본과 연결이 되도록 애쓰고 있는 게 역력했다.

그래야지만 한시바삐 삼맹을 하나로 묶어서 마계, 요계와 제대로 한판 붙을 수 있기 때문이다.

"음."

강도는 신음 소리를 냈다.

구인겸 말마따나 총본의 GPS를 이용하면 질코스의 행방을 간단하게 파악할 수 있을 것이다.

그런데 문제는 그게 아니다.

총본이라는 것은 분명 목소리뿐인 사부가 만들었을 것이다.

그런데 강도가 총본에 전화를 하거나 연락을 취하면 그때부터 강도가 총본에 연결이 되어 일거수일투족이 감시를 받게 될 것이다.

아니, 감시 이전에 강도의 존재가 드러나서 목소리뿐인 사부에게 발각되고 만다.

그럼 게임 오버다.

강도는 다시 목소리뿐인 사부의 꼭두각시가 돼서 시키는 대로 해야만 한다.

꼭두각시가 된 다음에 목소리뿐인 사부에게 투쟁하는 방법이 있기는 하지만 모르긴 해도 그건 하지 않는 게 좋을 것이다.

현재로서 강도의 최고, 최대의 무기는 잠적, 보이지 않는 곳에 웅크리고 있는 것이다.

드러나지 않는 것.

그래야지만 목소리뿐인 사부의 정체를 알아낼 수 있으며, 그를 끌어내서 최종적으로는 담판을 지을 수가 있다.

아니, 거래라고 해도 좋다.

꼭두각시가 아닌 정당한 거래다.

"현천."

─말씀하십시오.

태청과 한아람 등은 구인겸의 목소리는 들을 수 없지만 대충 사태를 짐작할 수 있다.

"무조건 질코스의 행적을 찾아라. 명령이다."

구인겸이 잠시 침묵하다가 가라앉은 목소리로 대답했다.

─명을 받들겠습니다.

강도는 태청과 같이 온 3명에게 손짓을 했다.

"가까이 와라."

태청과 3명은 재빨리 달려와 강도 앞에 나란히 늘어서 부동자세를 취했다.

강도는 그중에 키가 크고 매우 잘생긴 27~28세의 청년을 쳐다보았다.

"너는 남궁검가의 소가주로군?"

"그, 그렇습니다! 속하를 아십니까?"

"북방 정벌 때 네 아버지와 같이 있지 않았느냐?"

남궁연은 크게 감격하여 눈물이 핑 돌았다.

"아아… 그걸 기억하십니까?"

무림에서 북방의 마도 정벌 때 강도는 많은 수하를 이끌었는데 그때 남궁검가도 있었다.

"아버지가 네 자랑을 많이 하더군."

"그랬습니까……?"

남궁연은 울컥! 했다.

그는 무림에서 13년 동안 있었으며 처음에 남궁검가의 15살짜리 장남으로 가게 되었다.

현 세계에서의 그는 조실부모하여 누나와 함께 고아원에서 어렵게 자랐었다.

어떻게 해서 그가 남궁검가주의 장남이며 후계자로 가게 됐는지는 모른다.

하지만 그는 남궁검가의 부모를 친부모처럼 존경하여 충심으로 섬겼었다.

남궁검가의 부모 역시 추호의 의심 없이 그를 친아들로 대하여 사랑과 믿음을 듬뿍 쏟았었다.

남궁연은 그렇게 13년 동안 함께 살다가 어느 날 갑자기 현세계로 귀환했으므로 무림에 두고 온 부모에 대한 그리움이 뼛속까지 사무칠 지경이다.

"부모님 보고 싶으냐?"

부러질지언정 꺾이지 않는 성격의 남궁연은 강도의 한마디 한마디에 눈물이 콸콸 쏟아졌다.

"보고 싶습니다… 죽도록……."

강도는 손을 뻗어 남궁연의 어깨를 두드리며 미소 지었다.

"일이 잘 되면 부모님을 모셔다주마."

"넷?"

"너의 귀여운 누이동생도 말이다."

남궁연은 콧물을 훌쩍 들이켰다.

"정… 말입니까?"

"내가 누구냐?"

"아……."

남궁연이 환한 표정을 지을 때 강도는 그 옆에 서 있는 일 남일녀를 쳐다보고 있었다.

"너희는 처음 보는데 누구냐?"

일남일녀는 얼음처럼 얼어붙은 채 대답했다.

"점창의 해랑(海浪)입니다."

"신창벽가(神槍碧家)의 벽운(碧雲)입니다."

강도는 가볍게 고개를 끄떡였다.

"마계 킬러라는 질코스를 사냥하러 갈 건데 너희도 같이 갈 테냐?"

모두들 허리를 깊숙이 굽혔다.

"부디 데려가 주십시오!"

종로 거리를 한 사내가 절도 있는 걸음으로 걸어가고 있다.

멋진 재킷에 검은색 진을 입고 짙은 레이밴 선글라스를 쓴 한눈에도 늘씬하고 멋들어진 외모의 사내다.

그가 얼마나 멋진지 스쳐 지나가는 여자들이 그를 힐끔거리면서 쳐다보느라 바쁘다.

사내의 입가에는 희미한 미소가 머금어져 있다.

그런데 자세히 보면 비웃는 경멸의 미소다.

'열등한 것들……'

사내는 방금 오른쪽으로 스쳐 지나가는 두 여자가 자신을 바라보면서 황홀한 표정을 짓는 걸 힐끗 보고는 경멸의 미소를 더욱 짙게 떠올렸다.

그러다가 다시 앞을 보는 순간 그는 움찔했다.

정면에서 한 사람이 다가오고 있는데 거리가 불과 3m라서 1초만 늦으면 부딪치고 만다.

행인이 많은 거리에서는 자주 있는 일이다.

사내는 슬쩍 오른쪽으로 몸을 틀었다.

그런데 마주 오던 사내도 같은 방향으로 비켜섰다.

길을 가다 보면 이런 일은 왕왕 벌어진다.

그래서 서로 오른쪽 왼쪽 우왕좌왕하다가 어색하게 웃으면서 지나치기 일쑤다.

그렇지만 이 선글라스의 사내는 그런 것에 익숙하지 않았다.

평생 마계 필드빌라그에서 살다가 지상에 나온 지 얼마 되지 않았기 때문이다.

그래서 선글라스의 사내는 늘 긴장을 늦추지 않고 주위를 경계했었는데 방금 자신이 피한 오른쪽 같은 방향으로 피한 맞은편 사내를 순간적으로 적이라고 판단했다.

맞은편 사내는 부딪칠 것 같으니까 급히 왼쪽으로 방향을 틀었다.

선글라스 사내는 그걸 또 그가 공격하는 것이라고 착각했다.

피잇!

순간 선글라스 사내의 소매 속에서 까맣고 가느다란 물체가 튀어 나갔다.

푹!

"으악!"

왼쪽으로 막 피하고 있던 맞은편 사내의 귀밑으로 가느다란 쇠꼬챙이가 뚫고 들어갔다.

그가 휘청거리고 있을 때 선글라스 사내는 빠른 걸음으로 스쳐 지나갔다.

털썩!

왼쪽 귀밑에서 오른쪽 머리 위까지 꿰뚫린 사내는 썩은 고목처럼 길바닥에 쓰러졌다.

보도블록에 대자로 누워 있는 그의 귀밑과 머리에서 콸콸 샘물처럼 피가 뿜어졌고, 그는 눈을 부릅뜨고 온몸을 푸들푸들 떨어댔다.

"흐으으… 으으……."

길 가던 사람들이 그 광경을 보고 찢어지는 비명을 지르면서 사방으로 도망쳤다.

선글라스의 사내는 이미 20m쯤 빠른 걸음으로 걸어가다가 힐끗 뒤돌아보았다.

그러고는 바로 옆 지하철역 계단으로 내려갔다.

쓰러진 사내는 10초를 넘기지 못하고 숨이 끊어졌다.

그는 외근을 마치고 바쁘게 회사로 가고 있던 평범한 샐러리맨이었다.

—주군, 질코스가 방금 동대문 방향 지하철 종각역 3번으로 들어갔습니다.

강도가 구인겸의 연락을 받은 것은 바로 그때다.

스우우…….

강도와 일행이 이동간으로 종각역 3번 개찰구 앞에 나타났을 때 선글라스의 사내 질코스는 개찰구 안으로 들어가고 있었다.

"저희가 잡아오겠습니다."

태청이 해랑, 벽운과 함께 개찰구를 향해 뛰어가려는데 강도가 제지했다.

"놔둬라."

태청 등은 즉시 멈추고 뒤돌아섰다.

"저놈이 어디까지 가는지 따라가 보자."

"소굴을 덮치는 겁니까?"

강도는 태청, 해랑, 벽운뿐만 아니라 자신의 양옆에 서 있는 와노와 음브웨를 둘러보았다.

"이렇게 많은 대군이 질코스 한 놈 처치하기는 아깝지 않겠느냐?"

모두의 입가에 흐릿한 미소가 번졌다.

"그렇군요."

한낮의 전철은 한가해서 앉을 자리가 많았다.

질코스가 앉아 있는 곳에서 7m쯤 떨어진 맞은편에 한아람이 앉아 있는데, 전철 안의 대부분 사람이 그러듯이 그녀도 휴대폰을 들여다보고 있었다.

질코스는 팔짱을 낀 채 맞은편만 응시하고 있으며, 가끔씩 태연하게 주위를 둘러보았다.

그때마다 그를 눈여겨보는 사람은 그의 반반한 모습을 훔쳐보는 몇몇 여자뿐이었다.

질코스는 휴대폰을 만지작거리기에 여념이 없는 한아람은 염두에 두지도 않았다.

한아람은 질코스에겐 눈길 한 번 주지 않았다.

그녀의 임무는 질코스가 일어나서 내릴 때 미행하는 것이다.

강도와 태청 등은 앞과 뒤쪽 칸에 나누어 타고 있다.

질코스가 내린 곳은 청량리역이다.

그가 청량리역을 나와서 지상으로 올라왔을 때 한아람은 빠지고 신창벽가의 여고수 벽운이 멀찍이서 미행했다.

그런데 갑자기 질코스가 택시를 잡아탔다.

전철로 목적지까지 다 온 줄 짐작하고 있던 벽운은 당황하여 택시를 잡기 위해 도로로 향했다.

[벽운, 놔둬라.]

그때 강도의 전음이 그녀에게 전해졌다.

강도는 질코스가 탄 택시가 저만치 직진 신호 대기에 멈춰 있는 것을 보고 벽운을 질코스가 탄 택시가 가려는 방향 사거리 너머로 전송했다.

[택시 잡아라.]

어느 뚱뚱한 여자 앞에 막 멈추고 있는 빈 택시가 있었는데 벽운은 그 여자 앞에 불쑥 나타났다.

뚱뚱한 여자가 깜짝 놀랄 때 벽운은 택시 뒷자리에 타서 막 직진 신호를 받고 달려오는 질코스의 택시를 가리켰다.

"저 차 놓치지 말고 따라가요."

벽운은 외국어대학 근처 어느 골목 가로등 옆에 서 있었다.

그녀는 30m 거리에서 질코스가 어느 3층 빌라로 들어가는 것을 지켜보았다.

질코스가 빌라로 들어간 직후 벽운은 전음폰으로 빠르게 말했다.

"질코스가 들어갔습니다. 좌표 보내겠습니다."

"너 왜 날 따라온 거니?"

"……"

그런데 그때 벽운은 머리 위에서 들리는 나직한 목소리에 재빨리 위를 쳐다보면서 반사적으로 몸을 뒤로 피했다.

가로등 위에서 질코스가 잔인한 미소를 지으면서 벽운을 향해 내리꽂혔다.

쉬이익!

벽운은 처음에 흠칫 놀랐으나 즉시 냉정을 되찾았다.

그녀는 뒤로 물러나면서 오른팔을 뻗었다.

치킹!

그녀의 오른손에 성명무기인 벽운창(碧雲槍)이 전송되어 잡혔다.

질코스는 어느새 벽운의 머리 위까지 이르러 예의 쇠꼬챙이를 뻗어 그녀의 정수리를 찔러왔다.

벽운은 전체가 푸르스름한 한철(碧寒鐵)로 만들어진 1.5m 길이의 벽운창으로 쇠꼬챙이를 막으면서 계속 밀렸다.

따땅!

질코스는 머리를 아래로 한 자세에서 벽운의 머리와 상체를 순식간에 5번이나 찔러왔다.

까까깡!

"우웃!"

벽운은 벽운창이 쇠꼬챙이하고 부딪칠 때마다 손아귀가 찢어지는 느낌을 받으면서 밀려났다.

질코스는 힘이 엄청났다.

벽운은 소위 삼맹의 상삼당으로서 현 세계에서도 무공을 자유롭게 사용하는 전사다.

그런데도 질코스에게 힘으로 밀리고 있다.

턱!

그러다가 마침내 그녀의 등이 벽에 부딪쳤다.

스읏―

그리고 다음 순간 질코스가 그녀의 전면에 소리 없이 내려서며 맹렬하게 쇠꼬챙이를 찔러댔다.

슈슈슉!

벽운은 정신없이 상체를 이리저리 마구 흔들어서 쇠꼬챙이를 피했다.

퍽퍽퍽퍽!

쇠꼬챙이는 벽운이 기대 있는 벽돌담을 두부처럼 구멍을 숭숭 뚫어댔다.

'이놈, 힘이 장사다!'

피잉!

정신없이 찔러오던 쇠꼬챙이가 한순간 벽운의 정면에서 콧등을 향해 곧장 찔러왔다.

벽운은 고개를 옆으로 틀면서 벽운창으로 질코스의 허리

를 그어갔다.

치잉!

1.5m 길이의 벽운창이 찰나지간 두 배로 늘어나면서 질코스의 옆구리를 후려쳐갔다.

벽운은 쇠꼬챙이를 피했다고 여겼는데 느닷없이 쇠꼬챙이가 여러 개로 좍 갈라지면서 그녀의 상체를 뒤덮었다.

"앗!"

파파팍!

쇠꼬챙이가 도합 12개로 갈라지면서 벽운의 얼굴과 상체를 감싸 버렸다.

질코스는 그녀의 벽운창을 가볍게 피하더니 5m 뒤로 훌쩍 물러나서 땅에 내려섰다.

쇠꼬챙이 끝이 갈라져 12개의 가느다란 철사 같은 것이 벽운의 머리 위에서 얼굴과 상체 양쪽 벽속에 깊숙이 박혀서 그물처럼 감싸고 있기 때문에 그녀는 꼼짝하지 못하고 갇혀 버린 신세가 되었다.

질코스는 멀찍이 물러나 오른팔을 뻗은 채 예의 아름다운 미소를 지었다.

"너 어디 소속이냐?"

질코스는 벽운을 심문하려고 살려주었다.

지금껏 질코스를 이렇게까지 미행한 삼맹의 전사가 한 명도 없었기에 대체 어디 소속인지 궁금해진 것이다.

그러지 않았다면 12개의 가느다란 철사 끝에 달린 12개의 칼날들이 그녀의 얼굴과 상체를 꿰뚫어 벌집으로 만들었을 것이다.

"왜 날 미행한 거지?"

벽운은 그물 같은 철사 줄 속에서 벗어나려고 움쩍거려 보았지만 철사가 얼굴과 어깨에 닿으니까 옷과 살 속으로 파고들어 금세 피가 흘렀다.

질코스는 쥐를 갖고 노는 고양이 같은 미소를 지었다.

"너희 열등한 킨트엠베르들은 아무리 애써도 결국 우리 드엠베르의 노예가 되고 말 것이다."

"누가 그러더냐?"

"어?"

그런데 갑자기 머리 위에서 조용한 목소리가 들리자 질코스는 움찔 놀랐다.

그 순간 질코스는 한 번에 세 가지 동작을 취했다.

앞으로 뻗은 오른팔의 그물을 좁혀서 벽운의 상체를 조각내려 했고, 왼팔을 위로 뻗어 소매 속에서 또 다른 쇠꼬챙이를 쏘아내는가 하면 재빨리 왼쪽으로 몸을 날렸다.

피이잇!

그런 일련의 반응만 보더라도 만약 질코스가 무림의 살수라면 충분히 일급 이상의 명성을 날렸을 것이 분명하다.

사악…….

"어……."

질코스는 갑자기 균형을 잃고 비틀거렸다.

벽운을 조각내려던 오른팔과 위를 공격하던 왼팔이 한순간 팔꿈치에서 뎅겅 잘라졌기 때문이다.

벽운은 질코스 머리 위의 허공에 우뚝 서 있는 강도를 발견하고 눈물이 왈칵 쏟아질 만큼 반가웠다.

"주군……."

두 팔을 잃은 질코스는 갑자기 그 자리에서 스르르… 연기처럼 사라져 버렸다.

그러나 강도는 오른손에 쥐고 있던 롱소드 이거자그로 허공의 한곳을 슬쩍 수평으로 베었다.

파악!

"끅……."

허공중에서 답답한 신음 소리가 나더니 곧 질코스가 모습을 드러냈다.

그런데 그는 허리가 깨끗하게 두 동강 나서 몸이 따로 추락하고 있었다.

터틱!

질코스는 눈을 부릅뜨고 강도를 쳐다보았다.

"이거 자그를 어떻게……."

질코스는 몸이 두 동강이 나고서도 본래의 모습을 유지하고 있었다.

정혈로 현 세계 인간으로 변모한 것인지 원래 모습이 이런 것인지 모를 일이다.

때마침 골목으로 들어오던 부부로 보이는 남녀가 그 광경을 목격하고는 비명을 지르며 골목 밖으로 도망쳤다.

"아악! 살인이야!"

"꺄아악!"

벽운은 땅에 내려서고 있는 강도를 향해 비틀거리면서 다가섰다.

"주군."

벽운의 얼굴과 양쪽 어깨에서 피가 흘렀다.

질코스의 그물 같은 철사에 베인 상처다.

스스…….

그때 태청과 해랑, 한아람, 와노, 음브웨가 강도 주위에 나타났다.

"어디냐?"

"저기예요."

강도의 물음에 벽운은 아까 질코스가 들어갔던 빌라를 향해 쏘아갔다.

그녀는 자신이 킬러 질코스에게 죽을 위기에 처했었다는 사실이 부끄러워서 견딜 수가 없었다.

빌라는 한 동짜리이며 총 16세대가 있었다.

강도는 혼자 빌라로 다가가서 공력을 끌어 올려 빌라 어디에 질코스의 동료들이 있는지 기척을 탐지했다.

그 결과 놀라운 사실을 알아냈다.

이 빌라 16세대 전부에 마족이 있었다.

강도가 두 번이나 확인했지만 틀림없다.

한 집에 최소 2명 이상이고 전체 46명이다.

강도는 마족의 숨소리와 심장박동 소리, 그들의 초음파 대화를 알고 있기 때문에 틀릴 리가 없다.

어떻게 해서 이문동 골목 안의 한 동짜리 빌라 전체에 마족들이 우글거리면서 살고 있는지는 모르지만 이대로 놔둘 수는 없다.

서울에, 아니, 대한민국에 이런 식으로 얼마나 많은 마족들이 현 세계의 인간들 틈바구니에 끼어 들어와서 살고 있는지 짐작할 수가 없다.

골목 밖으로 나온 강도는 모두를 불러 모아 빌라의 상황을 설명했다.

"너희들 셋, 그리고 너희 둘이 한 팀이다."

태청과 벽운, 해랑을 한 팀으로, 그리고 와노, 음브웨 둘을 한 팀으로 묶어주었다.

"모두 죽여라."

빌라에 있는 마족 46명을 모두 죽인다는 말에 6명 얼굴에 긴장이 감돌았다.

"아람아, 너는 나하고 가자."

강도 등은 빌라에 접근하지 않고 골목에서 좌표를 찍어 빌라의 각 세대 안으로 곧장 잠입했다.

설사 각 세대에 질코스 정도의 실력자가 있다고 해도 태청 팀과 와노 팀이 잘 처리할 것이라고 예상했다.

스으……

강도는 빌라 왼쪽 일 층 오른쪽 집의 거실 안에 한아람의 팔을 잡고 나타났다.

25평 규모의 거실 소파에는 트레이닝복 차림의 남자가 앉아서 TV를 보고 있다가 갑자기 나타난 강도와 한아람 때문에 깜짝 놀랐다.

파팍……

그가 입을 열기 전에 강도의 이거자그가 허공을 갈랐다.

퍽!

이거자그에서 뿜어진 강기가 남자의 심장을 관통했다.

그때 홈 웨어를 입은 여자가 주방에서 쟁반에 뭔가를 갖고 거실로 나오다가 역시 이거자그의 강기에 심장이 꿰뚫렸다.

퍼어…….

여자가 놓쳐서 바닥으로 떨어지던 쟁반은 강도의 잠력에 의해 살며시 바닥에 놓여졌다.

투반경을 끼고 있는 한아람은 강도가 남자를 죽일 때부터 놀라서 몸을 가늘게 떨었다.

"주군, 마족이 아니라 사람이에요… 잘못 죽였어요……."

투반경에 비친 남녀의 모습은 틀림없는 사람이었다.

또한 마족은 인간 모습을 하고 있다가도 죽으면 마족 본래의 모습으로 돌아가는데 이들은 죽어서도 인간의 모습을 유지하고 있다.

"어떻게 해요……?"

"마족이다."

"예?"

강도는 이거자그로 바닥에 놓인 쟁반을 가리켰다.

"아……."

쟁반에 있는 것들을 보고 한아람은 나직한 탄성을 터뜨렸다.

거기에는 지상에서는 볼 수 없거나 보기 힘든 지저의 생물들이 요리되어 있었다.

현 세계의 인간들이라면 보는 것만으로도 눈살을 찌푸릴 혐오스러운 생물들이다.

"저런 걸 먹는 인간을 본 적 있느냐?"

강도와 한아람은 11번째 집에 잠입했다.

강도는 10세대를 거치면서 마족 33명을 죽였다.

한아람은 구경만 하고 강도가 다 죽였다.

그런데 이 집은 방 3개와 주방을 다 뒤졌는데 아무도 없다.

처음 들어왔을 때부터 화장실 안에서 물소리가 났었는데 누가 목욕을 하고 있는 모양이다.

강도는 기다리기로 했다.

남자든 여자든 목욕을 하고 있는 도중에 죽이기는 싫었다.

[주군, 여기 좀 와보세요.]

집 안을 여기저기 뒤지던 한아람이 전음으로 강도를 불렀다.

한아람은 안방 옷장 앞에 서 있었다.

활짝 열려 있는 옷장 안에는 검은색 정장과 재킷들이 빼곡하게 걸렸으며, 몇 개의 중절모와 짙은 레이밴 선글라스들이 가지런히 놓여 있었다.

강도와 한아람은 옷장에 걸려 있는 옷과 중절모, 레이밴 선글라스를 즐겨 사용하는 마족을 알고 있다.

[질코스로군.]

그때 화장실 문이 열리고 누가 나오는 소리가 나서 강도와 한아람은 기척 없이 안방을 나섰다.

몸에 아무것도 입지 않고 커다란 타월로 긴 머리카락을 말리면서 화장실 밖으로 나온 것은 여자다.

강도와 한아람은 안방 앞에 서서 5m 거리의 그 여자를 지켜보았다.

여자는 머리를 말리면서 걸어오다가 타월 사이로 강도와 한아람을 발견하고 그 자리에 뚝 멈췄다.

툭…….

여자의 손을 벗어난 타월이 바닥으로 떨어졌다.

여자는 백인이었다.

우윳빛 새하얀 살결을 지녔고 군더더기 없는 늘씬함에 크고 탄력 있는 젖가슴이 출렁거렸다.

질코스보다 더 아름다운 여자의 얼굴은 온통 놀라움으로 물들어 있었다.

"누… 구죠?"

여자는 본능적으로 위기를 느꼈는지 코발트색 눈동자가 세차게 흔들리면서 물었다.

강도가 냉정한 얼굴로 물었다.

"너는 질코스와 무슨 관계냐?"

여자는 흠칫 놀랐다.

그러나 몹시 긴장하며 대답했다.

"그는 내 남편이에요."

여자의 얼굴 가득 떠오른 위기감 위에 불길함이 덧씌워졌다.

"그는… 어디 있죠?"

"죽었다."

"아아……."

여자가 부르르 늘씬한 몸을 떨었다.

"당신이 내 남편을 죽였나요……?"

"그렇다."

강도는 질코스의 부인이라는 여자에게서 마족의 모습을 찾아내지 못했다.

질코스도 그랬었다. 그는 허리가 잘라져 두 동강이 나서도 인간의 모습을 하고 있었다.

그러고 보니까 이 빌라에서 살고 있는 마족은 전부 그랬다.

"그게 너의 본모습이냐?"

"아아악!"

강도가 물었으나 여자는 곧장 강도와 한아람을 향해 돌진하면서 비명을 질렀다.

그녀의 크게 벌린 입에서 하얗게 반짝이는 작은 물체들이 와르르 쏟아져서 날아왔다.

강도는 하얀 물체들이 여자의 이빨이라는 것을 알아보았다.

이빨을 뽑아서 암기처럼 사용한 것이다.

쉬이익!

또한 그녀의 양팔 손등에서 질코스의 그것 같은 새카맣고 길쭉한 쇠꼬챙이가 화살처럼 튀어나왔다.

질코스의 양팔에서 튀어나온 것은 쇠붙이 같은 무기가 아니라 팔뼈였다.

팔뼈를 손등 밖으로 튀어나오게 해서 무기처럼 사용했던 것이다.

후우우…….

강도가 가볍게 손을 젓자 새하얗게 반짝이는 이빨들이 우수수 날려가서 천장과 벽에 박혔다.

그러고는 롱소드 이거자그를 뽑아 그대로 목을 찔러 버렸다.

푹!

여자는 질코스 정도의 실력자이지만 강도 앞에서는 재롱을 부리는 수준일 뿐이다.

여자는 이거자그의 칼날이 목 뒤로 한 뼘이나 튀어나왔는데도 양팔의 쇠꼬챙이로 강도를 찌르거나 베려고 마구 허우적거렸다.

"끄으으… 이놈… 내 남편을 죽인 놈… 죽어라… 죽어……."

쇠꼬챙이가 강도의 몸에 못 미치자 여자는 제 발로 걸어서 이거자그의 칼날을 자신의 목에 점점 더 깊이 밀어 넣으며 계속 쇠꼬챙이를 휘둘렀다.

여자의 입에서 꾸역꾸역 새빨간 피가 쏟아져 나왔다.

마족 하급들은 피를 흘리지 않는데 이 여자는 인간처럼 새빨간 피를 흘렸다.

한아람은 강도 뒤에 숨어서 그의 옆구리로 살짝 고개를 내밀고 여자의 처참한 모습을 보았다.

이거자그의 칼날 폭이 넓어져서 더 이상 전진할 수 없게 됐는데도 여자는 눈을 부릅뜨고 기를 쓰며 목에 칼날을 더욱 밀어 넣으며 쇠꼬챙이를 휘둘렀다.

여자는 남편 질코스를 목숨처럼 사랑했던 것이 분명하다.

사랑…….

강도는 여자의 이런 모습을 계속 보고 있을 수가 없어서 칼날을 슬쩍 비틀어 목을 잘라 버렸다.

"끄으……."

여자는 몸과 머리가 분리되어 바닥에 우당탕 쓰러졌다.

조금 전까지만 해도 완벽한 몸매를 자랑하던 여자였지만 지금은 쳐다보기조차도 역겨운 모습이 되었다.

아름다움과 추함의 차이라는 것은 이처럼 극명하다.

강도는 죽은 여자를 잠시 쳐다보다가 주방으로 걸음을 옮기며 한아람에게 말했다.

"아람아, 모두에게 집을 뒤져보라고 전해라."

"뭘 찾죠?"

"마족을 인간으로 바꾼 뭔가가 있을지도 모른다."

"알겠어요."

그러나 강도 등은 빌라의 16세대에서 아무것도 찾아내지 못했다.

마족들은 이 빌라에서 매일 뭔가를 복용하거나 어떤 시술을 함으로써 인간을 유지했던 것이 아니라 어디에선가 인간으로 탈바꿈한 후에 이곳에 온 것이 분명하다.

말하자면 어딘가에 마족을 인간으로 탈바꿈시켜 주는 '공장'이 있다는 얘기다.

어쨌든 강도 등은 이 빌라에서 인간으로 행세하며 살고 있던 46명을 모두 죽였다.

그러나 이것은 시작일 뿐이다.

마족이 인간들 틈바구니에서 살고 있었다.

쌀자루, 보릿자루가 따로 있으면 처리하기가 용이하지만 쌀속에 보리가 섞여 있으면 솎아내기가 어렵다.

"주군, 경찰이 왔습니다."

첫 번째로 빌라를 나서려던 해랑이 급히 되돌아 들어오면서 보고했다.

아까 골목에서 질코스를 죽이는 걸 행인이 보고 비명을 지르면서 도망쳤었다.

아마 그들이 경찰에 신고했을 것이다.

골목 가로등 아래에는 양팔이 잘라지고 허리가 두 동강난 질코스 시체가 그대로 방치되어 있다.

그리고 이 빌라 16세대에는 46구의 마족 시체들이 처참한 모습으로 죽어 있다.

롱소드 이거자그로는 마족의 급소를 찌르거나 베면 죽지만 다른 무기로는 반드시 목을 잘라야지만 죽는다.

그들은 모두 인간의 모습으로 죽었다.

목이 잘라진 채 죽은 인간의 모습은 끔찍하기 짝이 없다.

인간의 모습이든지 마족의 모습이든지 어쨌든 이게 그대로 경찰 눈에 띄거나 언론에 흘러나간다면 대한민국 건국 이래 최초 최대의 대살인극이다.

대한민국이 발칵 뒤집히고 들썩거릴 것이다.

강도가 빌라 입구로 나가서 골목 쪽을 내다보니까 질코스가 죽어 있는 곳에 경찰들이 새카맣게 깔렸다.

질코스가 죽은 곳에서 빌라까지는 30m 정도의 거리다.

경찰들은 아직 빌라까지는 오지 않고 있지만 목격자를 찾는다든지 탐문 수사 같은 것을 하게 되면 빌라의 대살인극은 언제라도 세상에 드러날 수 있다.

강도는 일단 일행을 모두 데리고 한남동 저택으로 이동했다.

소파에 몸을 묻은 강도는 대통령에게 전화를 했다.

"이강도입니다."

—오오… 강도 씨!

대통령의 몹시 반가워하는 모습이 눈에 선하게 보이는 것 같았다.

강도는 대통령 일가족을 살려내고 대한민국의 사령탑 청와대를 위험에서 건져냈다.

또한 그가 대한민국을 마계와 요계로부터 지키기 위해서 불철주야 헌신하고 있다는 것을 잘 알고 있는 대통령으로서는 강도가 곧 구세주나 다름이 없다.

대통령에게 마계와 요계에 대해서 제일 먼저 설명해 주고 경고한 사람이 바로 강도다.

그래서 강도와 대통령 사이에는 핫라인이 설치됐다.

핫라인이라고 해서 거창한 것이 아니라 대통령이 상시 휴대폰을 몸에 지니고 있다가 강도가 전화를 하면 어떤 상황에서라도 통화가 가능해야 한다는 것이다.

물론 대통령이 강도에게 전화를 걸었을 때도 같은 상황이어야 한다.

　강도는 조금 전 빌라의 상황을 대통령에게 간략하게 설명을 해주었다.

　─아… 거기에 대해서는 어떤 장치가 필요하겠군요.

　설명을 듣고 난 대통령이 말했다.

　─이문동 일은 알아서 처리할 테니까 걱정하지 마세요. 그리고 내가 측근들과 의논해서 강도 씨가 일을 하는 데 불편함이 없도록 장치를 마련하도록 하겠습니다.

　"부탁합니다."

　─아… 강도 씨.

　"말씀하십시오."

　강도가 전화를 끊으려고 하는데 대통령이 그를 불렀다.

　─언제 식사라도 합시다.

　"무슨 일이 있으십니까?"

　─그게 아닙니다. 우리 딸들이 입만 열면 강도 씨 노래를 불러서 말입니다. 하하…….

　"네."

　─가까운 시일에 날 한번 잡읍시다.

　"알겠습니다."

　강도와 질풍대가 마계와 요계를 사냥하고 다니면 여기저기에 시체들이 널리게 될 텐데 그걸 일일이 치우고 다닐 수는 없는 노릇이다.

또한 목격자들도 생갈 테고, 거기에 경찰이 개입하면 그것 또한 골치 아픈 일이다.

강도는 한쪽에 묵묵히 늘어서 있는 태청과 해랑, 벽운을 쳐다보았다.

슥—

강도는 일어나서 어느 방으로 향하며 그들 3명에게 말했다.

"10분 후에 한 명씩 들어와라."

그곳은 2개의 방이 하나로 연결된 곳인데 강도가 들어간 방은 입구와 창문을 제외한 벽 전체가 온갖 책으로 빽빽하게 들어차 있었다.

아마 서재인 듯했다.

강도는 방바닥에 놓여 있는 네모난 석대 위에 가부좌의 자세로 앉았다.

그는 얏코네 소부족 겡게우찌와 455명을 인간으로 만드는 과정에 그들에게서 떼어낸 455개의 정혈낭 외카다무를 남김없이 전부 복용했었는데 그 이후 지금껏 운공조식을 한 적이 없었다.

얏코는 외카다무를 복용하면 강도에게 이로울 것이라고 거듭 강조했었다.

하지만 어디에 어떻게 좋은지는 그녀도 알지 못한다.

인간이 외카다무를 복용한, 그것도 한꺼번에 455개나 복용한 경우가 한 번도 없었기 때문이다.

다만 외카다무가 요족 와다무에게는 생명의 원천 같은 것이었기에 얏코는 필경 인간에게도 이로울 것이라고 막연하게나마 짐작했다.

강도는 7~8분에 걸쳐서 한 차례 운공조식을 했다.

원래 그의 공력은 더 이상 오를 수 없을 정도로 극한에 이르렀기에 455개의 외카다무가 공력에 보탬이 될 거라는 기대는 하지 않았다.

455개의 외카다무에서 나온 기운은 강도의 본신진기와 합쳐지지 않고 따로 전신을 타고 돌았다.

그런데 조금 이상한 점이 있다.

본신진기 즉, 공력은 혈맥을 타고 일주천을 하는 반면 외카다무의 기운은 혈맥이든 신경이나 세포든 거침없이 돌아다녔다.

이윽고 강도는 운공을 끝내고 천천히 눈을 떴다.

그가 가장 먼저 느낀 점은 정신이 매우 맑다는 사실이다.

원래 그는 항상 정신이 맑고 상쾌했는데 지금은 그보다 몇 배나 더 청명해서 단순히 정신만으로 어디 먼 여행이라도 다

녀올 수 있을 것 같은 기분이다.

그리고…….

'이건 뭔가?'

강도는 정면을 보다가 움찔 놀랐다.

정면에는 가슴 높이에 창문이 있고 커튼이 쳐져 있는데, 잠깐 그렇게 보이다가 갑자기 물체가 흔들리는 것 같다가 정면 전체가 시원하게 탁 트였다.

커튼이나 창문, 벽 같은 것들이 다 사라지고 그 너머 정원의 전경이 한눈에 다 보였다.

'투시(透視)인가?'

창문과 벽이 있던 자리에는 가로와 세로의 흐릿한 선(線)이 있다.

서로 얽힌 그 선들이 거기에 창문과 벽이 있다는 것을 표시하고 있었다.

깜빡…….

눈을 한 번 감았다가 떴다.

그랬더니 창문과 커튼, 벽이 나타나면서 정원의 광경을 가려 버렸다.

눈을 몇 번 깜빡거렸다.

커튼과 벽이 그대로다.

눈을 깜빡거려야 투시가 되는 것이 아니다.

강도는 벽 너머 정원을 보려는 생각을 했다.

그랬더니 커튼과 벽이 투명한 유리처럼 변하면서 갑자기 시야가 확 밝아졌다.

'이게 외카다무 455개의 능력이로군.'

그는 속으로 중얼거렸지만 틀렸다.

외카다무를 아무나 복용한다고 이런 능력이 생기는 것이 아니다.

또한 외카다무 한두 개를 복용해서는 이런 능력의 흉내조차 내지 못한다.

강도이기 때문에 가능한 일이다.

무공이 화경에 이른 그이기에 외카다무 455개가 그의 체내에서 새로운 조화를 이룬 것이다.

똑똑…….

누군가 문을 두드렸다.

태청과 해랑, 벽운에게 10분 후에 한 명씩 들어오라고 했는데 그중 한 명일 것이다.

척!

그런데 강도가 들어오라고 하지도 않았는데 방문이 열리고 태청이 공손한 자세로 걸어 들어왔다.

강도는 모르고 있지만 그가 마음속으로 들어오라고 한 심언(心言)이 태청에게 전해졌다.

그러니까 태청은 강도가 들어오라고 해서 들어온 것이다.

가부좌로 앉아 있는 강도 전면에 선 태청이 공손히 허리를 굽혔다.

—주군께서 왜 부르셨을까?

태청의 목소리가 잔잔하게 들렸다.

아니, 귀로 들리는 것이 아니라 그저 알게 되었다.

글로 읽는 것도 아니고 귀로 들리는 것도 아니다.

아마 한 번도 경험해 본 적이 없는 텔레파시라는 게 있으면 바로 이럴 것이다.

태청이 고개를 들고 조심스럽게 강도를 바라보았지만 이번에는 그의 내심이 들리지 않았다.

'착각인가?'

—왜 아무 말씀도 없으시지?

강도가 착각이라고 생각했을 때 다시 태청의 내심이 전해져 왔다.

그렇다면 강도가 상대에게 관심을 가질 때 내심이 전해지는 모양이다.

강도는 침묵을 지키면서 몇 번 더 시험해 보고는 자신의 짐작이 맞았음을 확인했다.

투시를 하는 것도 독심(讀心)이나 자신의 심언을 전하는 것도 그가 그러겠다고 마음을 먹어야지만 되는 것이다.

강도는 이 방에 일신결계를 할 만한 침대가 없기 때문에 옆방을 살펴봐야겠다고 생각했다.

그런데 바로 그때 그가 쳐다보고 있는 전면의 광경이 옆으로 재빨리 '휙!' 하고 지나가고 처음 보는 방이 그의 앞에 스륵 하고 나타났다.

그가 옆을 쳐다보니까 거기에 태청이 강도를 향해 서 있고 가본 적이 없는 방의 광경이 그의 전면에 나타난 것이다.

강도는 그게 옆방일 거라고 생각했다.

방금 그가 옆방에 가봐야겠다고 생각하니까 옆방의 모습이 그의 앞에 나타난 것이 분명하다.

—이리 와라.

강도는 입을 열어서 말하지 않고 마음을 태청에게 전하며 일어서려고 했다.

스으⋯⋯.

그런데 그는 어느새 옆방으로 옮겨와 있었다.

그것도 가부좌의 자세로 허공에 앉아 있는 모습이다.

말하자면 저쪽 방에서 이쪽 방으로 공간 이동을 한 것이다.

아마 이것 역시 외카다무 455개의 기운이 강도의 체내에서 용해되어 생긴 능력 중에 하나일 것이다.

그가 다리를 뻗어 한쪽 발끝으로 바닥을 디딜 때 태청이 급히 방으로 왔다.

태청은 강도가 트랜스폰을 조작하지 않고서도 눈앞에서 사라졌다가 이 방으로 이동한 것을 직접 목격하고는 감탄을 금치 못했다.

'과연……'

"옷을 모두 벗고 침대에 누워라. 너의 생사현관을 소통시키고 일신결계를 쳐주겠다."

강도는 입을 열어서 말했다.

입을 열지 않고서도 자신의 뜻을 전할 수도, 입을 열어 육성으로 말할 수도 있다는 것을 확인해 보려는 의도다.

"주군……."

태청은 감격하여 어쩔 줄을 몰랐다.

강도가 일신결계를 쳐줄 것이라고 짐작은 했었지만 생사현관까지 소통시켜 줄 것이라곤 기대하지 않았었다.

태청이 옷을 벗는 것을 보면서 강도가 중얼거렸다.

"질풍대는 지금보다 훨씬 강해져야 한다. 그래서 질코스 정도는 일대일로 간단히 죽일 수 있어야 한다."

태청은 알몸으로 침대에 반듯하게 누웠다.

강도가 그에게 다가갔다.

"그래야지만 나라와 백성을 지킬 수 있다."

마지막으로 벽운 차례가 되었다.

강도는 그녀가 여자인 점을 감안하여 옷을 벗지 않은 상태에서 일신결계와 생사현관의 소통을 해보기로 했다.

지금까지는 일신결계를 칠 때 남녀불문하고 옷을 다 벗어야 했지만 외카다무 455개를 복용한 후에 새로 생긴 능력을 발휘하면 옷을 입은 상태로 해도 될 것 같았다.

"아… 으윽… 흐음……."

침대 위에 누워 있는 벽운은 온몸을 꿈틀거리면서 신음을 흘려댔다.

그런데 고통에 가득 찬 아주 괴로운 신음이다.

결론적으로 말하자면 벽운에게 옷을 입힌 채로 생사현관 소통과 일신결계를 쳐주는 것은 실패했다.

처음에 강도는 침대에 누운 벽운에게 손을 대지 않고 무형지기를 일으켜서 우선 생사현관을 소통시키려고 했다.

일으킨 무형지기가 수십 줄기로 갈라져서 벽운의 온몸으로 쏘아갔다.

그 수십 줄기는 벽운의 혈도들에 정확하게 격타했지만 그 과정에 옷이 갈가리 찢어지고 말았다.

또한 각 혈도들에 가해지는 힘의 세기가 제각기 달라야 하는데 그게 여의치가 않았다.

그래서 벽운이 무척 고통스러워하는 것이다.

손을 직접 대서 누르거나 쓰다듬으며 훑고 찌르면 힘의 분배가 완벽하기 때문에 벽운이 고통을 느끼지 않는다.

'음, 이건 좀 더 연습을 해야겠군.'

결국 강도는 벽운의 몸에 직접 두 손을 댔다.

여자 몸에 손을 대는 게 영 마뜩찮아서 시도했던 일인데 고배를 마셨다.

"우웅……."

벽운은 요상한 신음 소리를 흘리고 있다.

그렇지만 아까의 고통스러운 신음 소리하고는 차원이 다르다.

그녀는 온몸이 녹아버리는 것 같은 극도의 황홀경에 빠져서 농익은 육체를 꿈틀거렸다.

"흐응……."

일신결계의 마지막 자세는 남녀가 다르다.

남자는 누워서 통닭 자세를 취하는 것으로 끝난다.

그리고 여자는 무릎을 꿇고 엎드려서 뺨과 양쪽 어깨를 바닥에 대고 다리를 벌린 채 엉덩이를 한껏 높이 쳐든 고양이 기지개 켜는 자세다.

지금 벽운은 고양이 자세로 몽롱한 표정을 지으며 노곤한 신음 소리를 내고 있다.

"내려와라."

"우웅……."

비몽사몽간인 벽운은 강도의 말을 듣지 못하고 신음 소리만 자꾸 냈다.

철썩!

"끝났다. 내려와라."

강도가 손바닥으로 펑퍼짐한 엉덩이를 때리자 벽운은 눈을 동그랗게 뜨고 그를 바라보았다.

"네……?"

"끝났다."

활달한 자미룡하고는 달리 이지적이며 차분한 성격의 벽운은 오래지 않아서 지금 상황을 인지했다.

"아……."

그녀는 자신이 매우 민망한 자세로 엉덩이를 한껏 쳐들고 있다는 사실을 깨달았다.

그녀는 화들짝 놀라서 고양이 자세를 풀고 후다닥 똑바로 앉았다.

앞에 선 강도가 두 손을 뻗어 벽운의 얼굴을 감쌌다.

무척이나 작은 그녀의 얼굴은 솥뚜껑 같은 강도의 두 손에 폭 가려졌다.

그녀는 강도가 무엇을 하려는 것인지 눈을 동그랗게 뜨고 그를 바라보았다.

강도가 추궁과혈수법으로 온몸을 주무르고 훑고 찔러댄 여파가 아직 완전히 사라지지 않은 상태인 그녀는 어떤 묘한 기대를 품었다.

그러나 사실 강도는 그녀가 아까 이문동에서 질코스와 싸우다가 쇠꼬챙이 철사 줄에 양쪽 뺨과 귀밑, 목, 양쪽 어깨에 베인 상처를 치료해 주려는 것이다.

강도는 두 손에 부드러운 진기를 일으켜서 그녀의 상처들을 어루만졌다.

"아아……."

부드러운 진기가 스며들고 강도의 커다란 손이 어루만지자 벽운은 눈을 감고 긴 속눈썹을 파르르 떨었다.

강도의 손이 스친 곳은 거짓말처럼 상처가 다 나아서 감쪽같이 사라졌다.

슥―

이윽고 강도가 손을 뗐는데도 벽운은 눈을 감은 채 입을 반쯤 벌리고 신음을 흘렸다.

"아아……."

"벽운."

"……."

강도의 부름에 벽운은 살며시 눈을 떴다.

"왜 그러느냐? 어디 아픈 곳이 있느냐?"

벽운은 유난히 까만 눈을 깜빡거리면서 강도를 바라보며 빠르게 현실로 돌아왔다.

"아… 저는……."

그러나 그녀가 정신을 수습했을 때는 강도는 실내에 없었다.

벽운은 그가 방에서 나가는 것을 보지 못했다.

그녀는 뒤늦게 엄습한 지독한 부끄러움에 얼굴이 확 달아올라 어쩔 줄 몰랐다.

원래 부끄러움을 많이 타는 그녀인지라 방금 전까지 일어났던 일들이 생생하게 뇌리에 되살아나면서 그녀는 앞으로 어떻게 주군을 대할지 숨이 막혔다.

척!

그때 한아람이 옷을 들고 들어왔다.

"이 옷을 입어요."

벽운은 한아람이 같은 여자인데도 부끄러워하면서 몸을 웅크렸다.

한남동 저택 본채의 지하실에 강도와 질풍대가 모여 있다.

지하실이라고 하지만 반지하인데다 무공 수련실처럼 꾸며 놓은 매우 넓은 공간이다.

우뚝 서 있는 강도 전면에는 그를 향해 태청을 비롯한 14명과 차동철, 진희, 염정환, 한아람, 와노, 음브웨를 포함하여 총 20명이 학의 날개처럼 반원형으로 늘어서 있다.

일신결계와 생사현관의 소통을 마친 태청 등 14명은 몇 시간 전에 비해서 무공이 두 배 이상 증진된 상태다.

또한 일신결계를 쳤으므로 앞으로는 마족이든 요족이든 이들을 절대로 해치지 못할 것이다.

강도가 나직하게 말문을 열었다.

"이 순간부터 너희들은 삼맹이 아닌 내 수하다."

20명의 얼굴에 자부심이 넘실거렸다.

강도의 위대함에 대해서 누구보다도 잘 알고 있는 와노와 음브웨는 지금 이 순간의 기쁨과 감격을 말로 설명할 수 없을 정도다.

"태청."

강도의 부름에 태청이 앞으로 한 걸음 나섰다.

"네가 질풍대장이다."

태청은 깜짝 놀랐다가 공손히 허리를 굽혔다.

"명을 받듭니다."

"5개 조로 나누고 조장을 정하라."

"제가… 말입니까?"

"그렇다."

차동철과 진희, 염정환, 그리고 한아람은 몹시 긴장했다.

그들은 무림에 있을 때 후기지수들의 최고봉이며 선두 주자였던 질풍대가 얼마나 대단했는지 귀가 따가울 정도로 소문을 들었었다.

수많은 젊은이가 질풍대를 흠모했으며 차동철과 진희, 염정환, 한아람도 그들 속에 끼어 있었다.

그런데 절대로 이루어지지 않을 것 같았던 꿈이 현실에서 이루어졌다.

질풍대가 된 것이다.

그렇지만 기쁨보다도 걱정이 앞섰다.

강도가 생사현관을 소통시켜 주었음에도 불구하고 질풍대의 평균 실력에 한참 뒤처지기 때문이다.

태청은 질풍대 전원을 지하 연공실로 데리고 갔다가 1시간 후에 돌아왔다.

질풍대가 아까처럼 날개 대형으로 늘어서자 태청이 앞으로 나와 보고했다.

"5개 조를 편성했으며 조장을 선발했습니다."

태청은 가볍게 고개를 숙이고 나서 말을 이었다.

"죄송합니다만 2명을 제외시켰습니다."

강도가 20명으로 질풍대를 꾸리라고 했는데 태청이 그중에 2명을 제외 즉, 탈락시켰다.

"제외자 2명 앞으로."

태청의 말에 한아람과 염정환이 머뭇거리면서 고개를 푹 숙이고 앞으로 한 걸음 나섰다.

강도는 한아람과 염정환이 질풍대의 평균 실력에 훨씬 못 미친다는 것을 잘 알고 있었다.

뿐만 아니라 차동철과 진희도 질풍대에 30~40% 부족한 실력이다.

그렇게 생각하면서도 강도는 태청이 어떻게든 밸런스를 맞춰서 조를 나눌 것이라고 예상했었다.

그렇지만 태청은 강도가 알고 있는 것보다 더 냉철하고 분명한 성격이었다.

태청이 질풍대원들을 지하실로 데려간 것은 모두의 실력을 테스트하기 위해서였다.

30~40% 부족한 차동철과 진희는 어떻게든 팀원으로 꾸려가겠지만 50~60%나 부족한 한아람과 염정환은 도저히 안 된다고 선을 그어버린 것이다.

쭉정이처럼 탈락한 한아람과 염정환은 수치스러움에 고개를 들지 못했다.

"그리고 저 두 사람은 질풍대에 있기를 거부했습니다."

태청이 와노와 음브웨를 가리켰다.

와노와 음브웨 남매가 앞으로 한 걸음 나섰다.

강도는 그들 남매가 어째서 질풍대를 거부했는지 짐작했다.

아버지인 바와가 남매에게 강도를 보필하라고 보냈는데 질풍대에 선발되면 외부 일만 해야 하기 때문이다.

저녁에 강도는 부천 오피스텔로 왔다.

질풍대원들도 각자 가정이 있기에 다들 퇴근하는 형식으로 집에 보냈다.

한아람과 염정환, 그리고 와노와 음브웨도 오피스텔에 같이 왔다.

한아람은 오피스텔로 이사를 했기 때문에 집이 여기고, 염정환은 이사할 집을 알아보고 있으니 당연히 부천으로 온 것이다.

강도가 와노, 음브웨 남매더러 한남동 저택에서 지내라고 했지만 완강하게 거절했다.

"저희들은 주군의 곁에서 떨어질 수 없습니다."

"우선 아람이하고 지내라. 이 근처에 집을 알아보자."

"주군……."

와노가 뭐라고 반발하려는 것을 강도가 잘랐다.

"와노, 가족이 있지?"

"……."

강도는 자신의 물음에 와노가 반사적으로 가족의 모습을 떠올리는 것을 눈앞에 있는 TV를 보듯이 선명하게 봤다.

그의 머릿속에 떠오른 영상을 본 것이다.

"부인과 딸을 데려다가 같이 살도록 해라."

와노는 깜짝 놀랐다.

"무슨 말씀이십니까? 저를 내치시는 겁니까?"

"가족은 같이 있어야 한다. 이 근처에 집을 사줄 테니까 가족과 함께 살면서 나를 돕도록 해라."

"저, 저는……."

"딸이 예쁘구나. 몇 살이냐?"

와노는 어리둥절했다. 강도가 와노의 딸을 본 적이 없기 때문이다.

"2살 반입니다만……."

"인간 나이로는 8살쯤 되나?"

"그렇습니다."

"초등학교에 가야겠군."

"네……?"

와노는 움찔 놀랐다.

강도가 소파에 앉아 있는데 한아람이 차를 타왔다.

강도는 서 있는 염정환과 한아람, 와노, 음브웨에게 소파에 앉도록 했다.

강도와 스스럼없는 한아람만 그의 곁에 앉았고 3명은 맞은편에 나란히 앉았다.

와노는 자신의 딸이 현 세계 인간들의 학교에 다닌다는 생각은 꿈에도 해본 적이 없었다.

아니, 자신이 완전한 인간이 돼서 인간들 속에서 함께 살고 있다는 것조차도 아직 실감이 나지 않는 처지다.

"염정환, 집은 어떻게 됐느냐?"

질풍대에서 탈락돼서 기가 꺾인 염정환은 찻잔을 들고 망연히 생각에 잠겨 있다가 깜짝 놀라 뜨거운 차를 쏟았다.

"아… 마누라가 마음에 드는 아파트를 구했다고 합니다."

"그럼 계약해야지."

미리 돈을 준비해 둔 한아람이 염정환에게 수표로 5억 원을 내주었다.

염정환은 크게 당황했다.

"아파트가 3억 5천인데 이건 너무 많습니다."

"이사하면 살 게 많을 거야."

"주군……."

"계약하고 나서 내 연락 기다려라. 같이 저녁 먹자."

"……."

염정환은 손에 천만 원짜리 50장 수표를 쥐고 강도를 바라보다가 고개를 푹 숙였다.

아무짝에도 쓸모가 없는 자신을 거두어서 이렇게나 신경을 써주는 강도가 뭐라고 말할 수 없을 정도로 고마웠다.

백혈병 말기인 아들이 사형선고를 받아놓고는 죽을 날만 기다리고 있었는데 강도가 깨끗이 완치시켜 주었다.

그러니 염정환에게 강도는 그냥 은인 정도가 아니다.

현관을 나서는 염정환 등 뒤에서 강도의 목소리가 들렸다.

"영재하고 가족들 데리고 나오게."

영재는 지옥 문턱까지 갔다가 살아서 돌아온 염정환의 아들이다.

현관문을 닫고 복도에 선 염정환은 조금 걷다가 갑자기 벽에 얼굴을 묻고 나직하게 흐느껴 울었다.

강도는 한아람과 와노, 음브웨를 데리고 근처의 고기 전문 식당으로 갔다.

"고기 먹을 줄 아느냐?"

강도는 따로 떨어진 방으로 들어가서 맞은편에 앉은 와노와 음브웨에게 물었다.

"몇 번 먹어봤습니다."

와노의 대답을 들은 강도가 자신을 쳐다보자 음브웨는 살짝 수줍은 미소를 지었다.

"저는 두 번 먹어봤는데 무척 맛있었어요."

강도는 고개를 끄떡이고는 트랜스폰을 작동했다.

"얏코도 부르자."

강도는 얏코와 전화 통화를 하고 나서 이동간으로 불렀다.

스우…….

위아래 편한 트레이닝복을 입고 있는 얏코는 방에 나타나자마자 강도 옆으로 쪼르르 다가와서 앉았다.

"오빠! 보고 싶었어요!"

와노와 음브웨는 미소를 지으며 그 모습을 바라보았다.

생각해 보면 소부족 겡게우찌와의 455명이 인간으로 탈바꿈하여 현 세계에서 새로운 생활을 하게 된 것은 순전히 얏코 덕분이다.

얏코가 처음에 한남동 항아네 빌라에서 강도를 보고 스스로 굴복하지 않았으면 지금의 행운은 절대로 찾아오지 않았을 것이다.

강도는 맞은편에 경직된 채 꼿꼿하게 앉아 있는 와노와 음브웨를 쳐다보았다.

"내 생각을 말하겠다."

와노와 음브웨는 바짝 긴장했다.

"너희 둘, 나하고 우리 집에서 같이 살자."

"무슨 말씀이십니까?"

"따로 집을 구할 필요 없이 같이 살자는 얘기다. 말하자면 가족이 되자는 거다."

"……."

와노와 음브웨, 얏코까지 너무 놀라서 아무 말도 못 하고 눈을 크게 뜨기만 했다.

강도는 엷은 미소를 지었다.

"우리 가족은 엄마와 여동생, 그리고 나 세 명뿐이다. 세상 천지에 우리 세 명이 전부야. 너희가 같이 살면 집 안이 북적거려서 좋을 거다."

"그렇지만……."

와노와 음브웨는 고맙고도 당황해서 전전긍긍했다.

"와노는 부인과 딸을 데리고 와라. 우리 집은 다 같이 살아도 될 만큼 크다."

강도는 전화를 해서 엄마와 강주를 불렀다.

강도는 식당 밖에 나가서 잠시 기다리다가 엄마와 강주를 맞이했다.

엄마와 강주는 양쪽에서 강도에게 안기며 반가워했다.

"우리 아들, 고기 먹고 싶었구나."

"오빠, 우리 소고기 먹자."

얼마 전까지만 해도 강도네 가족은 명절날에나 소고기를 먹을 수 있는 형편이었다.

엄마와 강주가 강도의 양팔을 가슴으로 안고 식당 안으로 들어갔다.

"엄마, 소개할 사람이 있어요."

"누구? 회사 사람이니?"

"네."

강도는 잠시 멈춰서 두 사람에게 상황을 간략하게 설명했다.

엄마와 강주의 등장에 방에 있던 모든 사람이 극도로 긴장했다.

한아람과 얏코, 와노, 음브웨 4명은 나란히 부동자세로 서서 맞은편의 엄마와 강주를 바라보았다.

한아람이 먼저 그 자리에 무릎을 꿇고 넙죽 큰절을 올렸다.

"한아람입니다. 대모(大母)님을 뵈옵니다."

"어이쿠! 무슨 절을……."

한아람이 무림의 예법으로 부복을 하자 엄마와 강주는 화들짝 놀랐다.

다들 직장 동료라고 강도에게 들었는데 난데없이 큰절을 하니까 놀란 것이다.

강도가 한아람을 꾸짖었다.

―아람아, 일어나라.

한아람이 어색하게 웃으면서 일어나는 걸 보면서 강도가 소개했다.

"엄마, 이 사람은 제 비서예요."

"그래?"

엄마는 반색했다.

엄마와 강주에게 거짓말을 하고 싶지는 않지만 사실대로 말할 수도 없다.

그렇지만 한아람이 비서라는 것은 틀린 말이 아니다.

엄마와 강주는 강도가 어떤 회사에 다니고 무슨 일을 하는지는 모르지만 비서까지 있다는 말에 크게 기뻐했다.

강도는 한 가지 오해를 풀기 위해서 부연 설명을 했다.

"가끔 이 녀석이 집에 와서 요리를 만들어놓고 갔었어요."

"오… 그랬구나."

엄마는 스스럼없이 한아람의 손을 잡았다.

"어쩜 젊은 사람이 요리 솜씨가 그렇게 좋아요?"

엄마는 한아람을 비서로 보지 않고 며느리 감으로 보는 것 같았다.

한아람은 너무 기뻐서 입이 귀에 걸렸다.

강도는 와노 삼 남매를 소개했다.

"이들은 조금 아까 말씀드린 저하고 같이 일하는 동료예요."

삼 남매는 방금 한아람이 하는 걸 봤기 때문에 즉시 무릎을 꿇고 큰절을 올렸다.

"대모님을 뵈옵니다."

엄마는 당황해하고 강주는 깔깔대며 웃었다.

"아유… 일어나세요……."

"아하하하! 뭐 하는 거야? 무협 영화 찍어?"

강도는 씁쓸한 표정을 지었다.

"일어나라."

얏코 등은 조심스럽게 일어나서도 부동자세로 뻣뻣하게 서
있었다.

엄마가 손을 내저었다.

"강도야, 저 사람들 왜 그러니? 편하게 있으라고 그래."

강도는 빙그레 미소 지으며 얏코 등에게 말했다.

"엄마 말씀 들었지?"

"네!"

얏코와 와노, 음브웨가 부동자세로 힘차게 대답하는 바람
에 엄마는 또 한 번 깜짝 놀랐다.

강도의 부탁을 듣고 난 엄마와 강주는 대찬성했다.

"집도 넓은데 같이 살아도 돼. 우리도 외로운 처지인데 같
이 오순도순 살면 얼마나 좋을까."

"나도 찬성이야. 자고로 집에는 사람들이 북적거려야 해."

강도는 와노를 가리켰다.

"이 친구는 결혼해서 부인과 딸이 있어요."

엄마는 반색했다.

"그럼 부인과 딸도 데려올 거예요?"

와노가 대답을 하지 못하고 쩔쩔매는 걸 보고 강도가 넌지시 말했다.

"그럴 거예요."

"……."

와노는 아무 말도 하지 못했다.

강도는 아내, 딸과 같이 살 수만 있다면 그보다 기쁜 일이 없을 거라는 와노의 속마음을 읽었다.

강도는 부드럽게 미소 지었다.

"우리 다 같이 살아보자. 같이 사는 게 불편하면 그때 가서 다른 방법을 찾으면 될 거다."

물끄러미 강도를 바라보는 와노의 동공이 마구 흔들렸다.

그는 깊이 고개를 숙였다.

"그러겠습니다."

그는 고맙다는 말을 하지 않았다.

강도에 대한 고마움이 차마 말로 다하지 못할 정도이기 때문이다.

기회만 엿보고 있던 얏코가 조심스럽게 끼어들었다.

"오빠, 저도 같이 살면 안 될까요?"

"너……."

얏코는 생글생글 웃었다.

"귀여운 고양이 한 마리 키운다고 생각하세요."

그녀는 음브웨를 꼭 안았다.

"저는 언니하고 같이 지내면 돼요."

엄마는 아까부터 얏코 삼 남매에게서 눈을 떼지 못했다.

"어쩜 삼 남매가 이리도 잘생겼을까?"

인간으로 완전히 탈바꿈한 얏코와 음브웨는 최고의 영화배우 뺨치게 아름답고 와노는 큰 키에 모델처럼 잘생겼다.

원래 요족이었을 때도 바탕이 좋아서 그럴 것이다.

엄마는 옆에 앉은 강도와 강주를 돌아보면서 감탄했다.

"나는 우리 강도하고 강주만 잘생겼는지 알았는데 그게 아니었네?"

한아람이 엄지손가락을 치켜세웠다.

"그래도 주군께서 제일 미남이에요!"

"저도 그렇게 생각합니다."

얏코가 추임새를 넣었다.

똑똑……

그때 문 두드리는 소리가 나서 한아람이 종알거렸다.

"누구세요?"

"염정환입니다."

"들어와요."

문이 열리고 염정환 식구가 조심스럽게 들어왔다.

"늦었습니다."

모자를 쓴 영재가 강도를 발견하고는 환한 얼굴로 한달음에 달려 들어왔다.

"강도 형아!"

"영재 왔구나."

강도는 영재의 백혈병을 치료하는 과정에 많이 친해졌으며 자신을 형이라고 부르라 했었다.

영재가 입원해 있던 병원에서 강도와 안면이 있는 염정환 아내는 들어오기도 전에 문밖에서 구십 도로 허리를 굽혀 인사했다.

"주군."

염정환이 어떻게 말했는지 모르지만 아내는 강도를 하나님처럼 대했다.

강도는 난처해졌다.

엄마가 계신데 염정환과 아내가 또 한바탕 난리굿을 피울 것이기 때문이다.

그렇다고 해서 얏코 삼 남매나 염정환들에게 미리 이래라저래라 각본을 짜듯이 시키는 것은 강도의 성미에 맞지 않는 일이다.

엄마와 강주는 한아람을 비롯한 얏코 삼 남매가 강도를 하늘처럼 떠받드는 언행에서 이미 충분히 이상하다고 생각하는 중이다.

그런데다 염정환 가족들까지 그런 행동을 한다면 엄마와 강주는 분명히 강도가 하는 일에 대해서 몹시 궁금하게 여길 것이다.

그런데 한아람이 강도의 비서 역할을 톡톡히 했다.

"대모님과 아가씨예요. 인사드리세요."

방으로 들어선 염정환과 아내는 화들짝 놀라 그 자리에 납작하게 엎드려 부복했다.

"소인들이 대모님과 소저를 뵈옵니다."

당황한 엄마와 강주는 염정환 부부를 일어나게 하고는 강도를 쳐다보았다.

강도는 씁쓸하게 웃었다.

"사실 이들은 제 부하들이에요."

"그러니?"

엄마와 강주는 의구심이 조금 가시기는 했어도 아직 께름칙한 얼굴이다.

아무리 부하 직원이라고 해도 상사의 엄마와 여동생에게 큰절을 하고 대모님이니 아가씨라고 하는 것은 뭔가 이상했다.

말주변이 없는 강도는 이 정도로 끝내고 싶었다.

그런데 한아람이 조심스럽게 말을 꺼냈다.

"사실 주군께선 나라의 일을 하고 계십니다."

"나랏일이라고요?"

엄마와 강주는 깜짝 놀랐다.

그런 건 상상조차 해본 적이 없기 때문이다.

"대통령께서도 주군을 크게 신임하고 계세요. 어제만 해도 주군께서 청와대에서 대단한 일을 해내셨지요."

강도는 얼굴이 뜨거워졌다.

"그만 됐다."

그렇지만 엄마는 강도의 명령이 먹히지 않는 분이다.

"강도야, 이 아가씨의 말이 정말이니?"

"네."

한아람은 거짓말을 하지 않았다.

강도의 과묵한 성격을 잘 알고 있는 엄마와 강주는 그에게 자세한 설명을 원하지는 않았지만 얼굴에는 궁금한 기색이 역력했다.

하지만 강도는 그걸 보고서도 못 본 체했다.

설명하자면 끝이 없기 때문이다.

고기가 푸짐하게 구워지고 다들 얘기꽃을 피우면서 화기애애하게 식사를 했다.

강도 등은 술을 마셨는데 술을 배운 지 얼마 안 되는 얏코가 취기가 올라 강도의 무용담에 대해서 한바탕 늘어놓았다.

마족이나 요족에 대해서만 쏙 빼고 강도가 나라를 위해서 이렇게 많은 일을 하고 있다는 무용담이었다.

거기에 한아람도 질세라 얘기를 보태는 바람에 강도는 마치 나라를 구하고 있는 구국의 영웅처럼 미화되었다.

엄마는 염정환의 아들과 딸을 예뻐해서 아들 영재는 옆에 두고 딸 영효는 무릎에 앉힌 채 고기를 먹여주었다.

염정환의 아내는 강도가 영재의 백혈병을 고쳐주었으며 아파트까지 사주었다면서 눈물을 펑펑 흘리며 고마워했다.

시간이 흐르고 얘기를 들을수록 엄마와 강주는 그저 놀랄 뿐이다.

사람들이 얘기하는 사람이 자신의 아들이며 오빠인 강도라는 생각이 들지 않았다.

그래도 강도는 그저 담담하게 미소만 짓고 있을 뿐이었다.

그때 현천자 구인겸에게서 전화가 왔다.

지금은 저녁 8시가 넘은 시간인데 구인겸이 전화를 했다면 중요한 일일 것이다.

엄마 옆에 앉은 강도는 일어나서 한쪽으로 가더니 전화를 받았다.

"무슨 일인가?"

좌중의 대화가 잠시 끊어지고 모두의 시선이 강도에게 집중되었다.

―지금 뵐 수 있겠습니까?

그런데 강도는 구인겸이 설명을 하기도 전에 그가 무엇 때문에 전화를 했는지 알아챘다.

그냥 구인겸하고 전화가 연결된 순간 그때부터 그가 할 말이 고스란히 강도의 뇌리에 전해진 것이다.

그것은 아마도 와다무 455명의 외카다무가 강도의 체내에서 일으킨 조화 중에 하나일 것이다.

구인겸이 말하려는 사실을 알게 된 강도는 흠칫 놀랐다.

그때 또 전화가 왔다.

그런데 이번에는 대통령이다.

강도는 구인겸에게 이곳 좌표를 보내주고 대통령의 전화를 받았다.

"이강도입니다."

―이강도 씨, 지금 올 수 있겠습니까?

강도는 대통령과 전화가 연결되는 순간 그가 무엇 때문에 전화했는지 즉시 알아차렸다.

구인겸과 대통령은 같은 용건이다.

"어디로 가면 됩니까?"

―청와대로 오세요.

"알겠습니다."

강도는 전화를 끊고 자리로 돌아왔다.

대통령이 오라고 해서 가족과의 식사 중에 벌떡 일어날 수는 없다.

세상에서 엄마와 강주보다 더 소중한 존재는 없다고 생각하는 강도다.

끄트머리에 앉은 한아람이 조심스럽게 물었다.

"대통령인가요?"

대통령이라는 말에 엄마와 강주는 깜짝 놀랐다.

그러고는 강도가 말없이 가볍게 고개를 끄떡이는 걸 보고 더 놀랐다.

대통령이 강도에게 직접 전화를 했다는 사실이 엄마와 강주는 도저히 믿어지지 않았다.

똑똑……

"접니다."

그때 밖에서 누가 문을 두드리는데 구인겸 목소리다.

이동간으로 전송해서 온 것이다.

"들어오게."

백발이 성성한 노신사가 방으로 들어오자 엄마와 강주는 깜짝 놀랐다.

더구나 노신사지만 매우 잘생겼으며 최고급 양복을 입은 데다 매우 격조 높은 분위기가 풍기는 터라서 엄마와 강주는 자못 긴장했다.

"불쑥 찾아와서 죄송합니다."

구인겸이 강도에게 거의 구십 도로 허리를 굽히고 나서 죄스러운 표정을 지었다.

그때 강주가 비명을 질렀다.

"아앗!"

강주는 앉은 채 팔을 뻗어 구인겸을 가리키면서 마치 귀신을 본 것 같은 표정을 지었다.

"저… 저 사람 구인겸 회장이야, 엄마……."

엄마는 어리둥절했다.

"그게 누군데?"

"엄마, 대양그룹 회장 구인겸 몰라?"

"아……."

상황이 이렇게 돼버리자 강도는 실소를 지으며 구인겸에게 말했다.

"어머니하고 여동생일세."

"그러십니까?"

이미 짐작하고 있던 구인겸은 엄마를 향해 자세를 잡더니 큰절을 하려고 했다.

하늘 같은 주군의 모친이니 당연한 일이다.

강도가 말릴 새도 없이 구인겸은 이미 엄마에게 큰절을 올리고 있다.

"구인겸이 대모님과 소저를 뵙겠습니다."

엄마와 강주는 까무러칠 정도로 놀라서 아무 말도 하지 못하고 그저 바라보기만 했다.

강도는 구인겸과 염정환, 와노, 음브웨만 데리고 식당 밖으로 나왔다.

식당에는 엄마와 강주, 한아람, 얏코, 염정환 아내와 아이들이 남아서 식사를 계속하고 있다.

"현천, 자네도 같이 가세."

"어딜 가십니까?"

강도의 말에 구인겸이 공손히 물었다.

구인겸은 강도가 대통령과 통화했다는 사실을 모르고 있다.

"청와대야."

"그 전에 드릴 말씀이 있습니다."

염정환과 와노, 음브웨는 한쪽에서 기다리고 있다.

강도는 할 말이 있다는 구인겸을 쳐다보다가 그의 생각을 읽었다.

"수노(SUNO)가 나타난 건가?"

구인겸은 움찔 놀랐다.

"어떻게 아셨습니까?"

강도는 구인겸의 질문에 대답하지 않고 잠시 생각에 잠겼다.

그는 수노에 대해서 마사 연수에게 처음 들었다.

연수는 수노가 선지자이며 무공이 화경에 이른 천하제일인으로서 무림에서 현 세계로 시공간을 이동한 최초의 인물이라고 말했다.

수노는 현 세계가 마계와 요계에 짓밟히고 있는 현실을 보고 불맹을 만들었다고도 했다.

강도는 한낱 전설 같은 그 말을 신뢰하지 않았었다.

수노가 불맹을 만들었다면 도맹과 범맹은 대체 누가 만들었다는 말인가.

그런데 강도가 믿지 않았던 수노가 출현했다는 것이다.

"수노는……."

구인겸이 말하려는데 강도가 그만 말하라는 손짓을 했다.

강도는 구인겸이 말하기도 전에 이미 그의 내심을 다 읽었기 때문이다.

2시간 전에 수노라는 인물이 삼맹 지도부에 불쑥 전화를 해서 절대신군을 찾더라는 것이다.

삼맹에서 아무도 절대신군의 행방을 모른다니까 수노가 내일 아침 10시에 삼맹 부맹주들을 모이라고 소집했다.

장소는 총본이다.

강도는 짧게 말했다.

"내일 같이 가세."

구인겸은 어리둥절했다.

"어디를……."

"수노가 삼맹 부맹주들을 총본으로 부르지 않았나?"

"그… 렇습니다."

구인겸은 귀신에 홀린 듯한 표정을 지었다.

수노에 대한 일을 강도가 훤하게 알고 있기 때문이다.

"그런데 그걸 어떻게 아셨습니까?"

"아는 수가 있네."

구인겸의 표정이 복잡해졌다.

"혹시 다른 맹의 부맹주하고 연락하셨습니까?"

그로서는 그렇게밖에는 생각할 수가 없다.

"그런 일 없네."

"그럼 어떻게 아셨습니까?"

평소 같으면 구인겸은 이쯤에서 물러났을 것이다.

그렇지만 이 일만은 꼭 짚고 넘어가야 했다.

강도는 생각에 잠긴 얼굴로 지나가듯이 말했다.

"자네 생각을 읽었네."

"아……."

구인겸은 적잖이 놀라 강도를 바라보았다.

"그럼 쿠데타가 일어난 것도……."

"알고 있어. 대통령이 그것 때문에 날 불렀네."

"네……."

대통령 집무실 소파에는 강도와 구인겸, 대통령이 앉아 있었다.

"구 회장님은 무슨 일로 왔습니까?"

대통령은 의아한 표정으로 강도 옆에 앉은 구인겸을 쳐다보았다.

구인겸은 정중히 대답했다.

"저는 이분의 부하입니다."

"부하?"

대통령은 이해하기 어렵다는 얼굴로 강도와 구인겸을 번갈아 쳐다보았다.

"재계 1위 대양그룹 총수인 구 회장님이 이강도 씨의 부하라는 말입니까?"

"이분께선 마계와 요계를 척결하는 비밀 조직의 수장(首長)이십니다. 그리고 저는 그 조직의 일원입니다."

"그렇습니까?"

대통령은 눈을 크게 뜨며 몹시 놀랐다.

"그런 비밀 조직이 있었군요……!"

"지금 이 순간에도 대한민국 각지에서 날뛰고 있는 마계와 요계를 우리 조직원들이 제거하고 있습니다."

"아… 그런 일이……."

대통령의 표정이 씁쓸해졌다.

"정치인들이 정치를 잘하면 나라가 저절로 굴러가는 줄 알고 있었습니다."

강도는 쓸데없는 대화로 시간을 낭비하고 싶지 않았다.

"지금 어떤 상황입니까?"

대통령은 퍼뜩 정신을 차렸다.

"무장한 군인들이 기계화 부대를 앞세우고 서울을 향해서 대거 이동하고 있다는 보고가 있었습니다."

구인겸이 물었다.

"동서남북에서 무장한 군인들이 서울을 향해 이동하고 있다는 보고를 받았는데 대체 무슨 상황입니까?"

"제 일감은 쿠데타입니다."

대통령은 돌처럼 딱딱한 표정이다.

"국방장관과 합참의장 등을 불렀으니까 그들에게 물어보면 알 겁니다."

비서실장이 오더니 NSC 즉, 국가안전보장회를 구성하는 각료들이 회의실에 모였다고 해서 강도와 대통령은 비서실장을 앞세우고 회의실로 향했다.

넓은 회의실에는 타원형의 커다란 테이블이 있고 주위에 앉아 있던 사람들이 대통령의 입장과 동시에 모두 벌떡 일어섰다.

대통령이 먼저 앉고 왼쪽에 비서실장이 앉고 나서 대통령이 오른쪽 빈자리를 가리키며 강도를 쳐다보았다.

"앉으세요."

강도가 테이블 둘레에 앉은 12명을 둘러보는데 비서실장이 대통령에게 말했다.

"몇 분은 오시는 중입니다."

강도는 12명을 둘러보면서 마족 한 명과 요족 3명을 발견했지만 눈빛조차 변하지 않았다.

어쩌면 각료 중에 마족이나 요족이 있을지도 모른다고 생각했었는데 4명이나 될 줄은 몰랐다.

저기 앉아 있는 마족은 마계 2위 페헤르외르데그도 아니고 4위 마랑 렐레크부바르도 아니었다.

그렇다면 3위인 위강 빌람일 확률이 높다.

요족은 1명은 바우만이고, 2명은 우쭈리다.

요족 2명이 우쭈리라고 확신하는 것은 여자 우쭈리처럼 뛰어난 용모를 지니고 있기 때문이다.

강도가 데리고 있는 음브웨가 우쭈리라서 여자만 우쭈리인 줄 알았는데 그게 아니다.

빌람일 가능성이 높은 마족과 3명의 요족은 정장을 입고 현 세계 인간인 체하고 있지만 강도의 눈은 속이지 못한다.

더구나 강도는 마족 빌람과 요족 바우만, 우쭈리가 무슨 생각을 하고 있는지도 환하게 꿰뚫고 있다.

그들의 생각을 읽어보면 서로의 존재에 대해서 알고 있는 것이 분명했다.

마족 빌람은 국방장관의 탈을 쓰고 있다.

그의 생각을 읽어보면 그는 자신의 직속 상전이었던 제16영지의 영주 페헤르웨르데그가 죽었다는 사실을 알고서 쿠데타를 일으켰다.

페헤르웨르데그 즉, 페헤르가 대통령의 정신을 조종했을 때에는 나랏일을 제 마음대로 해치웠을 것이다.

그렇지만 대통령은 자신이 페헤르에게 조종당했을 때 어떤 일을 처리했는지 도통 기억하지 못하고 있다.

페헤르가 무슨 짓을 했는지 알아내서 제자리로 원상 복구시키는 것 또한 강도의 일이다.

어쨌든 빌람은 영주 페헤르가 죽은 현시점에서 위기의식을 느끼고 쿠데타를 일으킨 것이다.

빌람은 대통령 오른쪽에 앉아 있는 젊디젊은 강도를 자주 힐끔거렸다.

하지만 그는 강도가 낯선 얼굴이라서 경계를 하는 것일 뿐이지 그가 페헤르를 죽였다는 사실은 모르고 있다.

요족 3명은 몹시 긴장하고 있다.

마족 빌람이 일으킨 쿠데타를 요족들도 알고 있었다.

그러면서도 그들은 빌람의 일을 훼방하지 않고 묵묵히 지켜볼 뿐이다.

사태를 관망하면서 쿠데타의 성패 여부에 따라서 자신들의 입지를 정하려는 것이다.

그렇지만 요족이 국가안전보장회의 각료 세 자리를 차지하고 있다는 사실은 놀라운 일이다.

"지금 상황이 어떻소?"

대통령이 국방장관을 직시하면서 물었다.

그는 국방장관이 마족이라는 사실을 까맣게 모르고 있다.

국방장관 빌람이 긴장한 얼굴로 기다렸다는 듯이 대답했다.

"대통령께서 벙커로 들어가실 것을 강력하게 권합니다."

벙커라는 것은 청와대 비서동 지하에 있는 것으로 국가안보실의 위기관리상황실이 정식 명칭이다.

전시 또는 유사시 대통령 일가와 최측근들이 대피하여 상황을 컨트롤하는 사령탑 역할을 하는데, 핵 공격에도 버틸 수 있는 시설로 알려졌다.

대통령이 국방장관을 주시하며 냉철한 표정으로 물었다.

"내가 벙커로 들어가야 할 정도요?"

"그렇습니다."

국방장관은 더욱 강한 어조로 말했다.

"여긴 우리에게 맡기시고 대통령께선 벙커에서 지휘하십시오. 만약 대통령께 무슨 일이라도 발생하면 그것으로 대한민국은 끝장입니다."

"음."

대통령은 강도를 쳐다보았다.

그러나 강도는 아무 말도 하지 않았다.

국방장관이 대통령과 대화를 하느라 생각을 중단했기 때문에 그의 생각을 좀 더 알고 싶었다.

대통령은 강도를 많이 의지하고 있는데 그가 아무 말이 없으므로 속이 탔다.

"여러 부대가 서울로 이동하고 있다는데 좀 자세히 설명해 보시오."

"현재 동서남북에서 2개의 사단과 2개의 여단 병력이 서울에 입성하기 직전입니다."

"수방사가 있잖소?"

수도방위사령부는 예하에 4개 향토보병사단을 두고 있으며 모두 서울 외곽에 주둔하고 있다.

"그들 4개 사단은 아직 병력 동원을 하고 있지 않습니다."

"어째서 그렇소?"

"수방사 사령관이 부재중이고 지휘권을 갖고 있는 육참총장과 합참의장의 명령이 없기 때문입니다."

비서실장이 참견을 했다.

"육참총장과 합참의장이 방금 청와대에 도착했다고 합니다."

대통령은 고개를 끄떡였다.

"그분들이 오면 쿠데타 병력을 격퇴하라고 명령하겠소."

그때 문이 열리고 40대 당당한 체격의 정장 입은 사내가 들어와서 대통령에게 고개를 숙였다.

그를 보고 대통령이 눈살을 슬쩍 찌푸렸다.

"경호실장, 왜 이제야 오는 거요?"

강도는 지난번에 경호계장은 봤는데 청와대 경호실 최고 책임자인 경호실장을 보는 건 지금이 처음이다.

'저놈도 마족이로군.'

경호실장은 마랑 렐레크부바르다.

그런데 경호실장이 테이블을 돌아서 대통령 쪽으로 오는 걸 보면서 강도가 슬쩍 인상을 썼다.

'저놈.'

강도는 경호실장이 강제로 대통령을 위협하여 벙커로 끌고 가려는 내심을 읽었다.

그때 열려 있는 문 안으로 정장 사내들이 우르르 파도처럼 밀려 들어왔다.

귀에 이어폰을 꽂고 있는 경호원들인데 하나같이 마족들 즉, 빙악들이다.

강도는 마족들이 빙악을 뭐라고 부르는지는 아직 모른다. 아니, 군이 알 필요도 없다.

경호실장은 대통령 뒤에 우뚝 서고 경호원들이 각료들 뒤에 죽 늘어섰다.

국방장관 입가에 묘한 미소가 떠올랐다가 경호실장을 향해 가볍게 고개를 끄떡였다.

"대통령을 모셔요."

"알겠습니다."

슥―

경호실장은 품속에서 권총을 꺼내더니 대통령 뒤통수에 겨누었다.

"일어나십시오."

"어……."

대통령은 움찔 놀라서 급히 뒤돌아보았다.

그 바람에 그의 뒤통수에 겨누었던 총구가 이마를 겨누게 되었다.

그러나 대통령은 겁먹기보다는 엄한 얼굴로 꾸짖었다.

"경호실장, 이게 무슨 짓인가?"

각료들도 성난 얼굴로 자리를 박차고 일어나며 경호실장을 꾸짖고 외쳤다.

"경호실장! 지금 제정신인 거요?"

"당장 총 거두지 못하겠소?"

그러자 뒤에 서 있던 10여 명의 경호원들이 일제히 권총을 뽑더니 일어선 각료들을 겨누고 앉으라고 윽박질렀다.

강도는 이대로 놔두었다가는 대통령을 비롯하여 다치는 사람이 나올 것 같아서 지켜보는 것을 그만두었다.

경호실장이 다시 한 번 대통령을 위협했다.

"일어서지 않으면 험한 꼴을……."

그는 싸늘하게 말하다가 갑자기 움찔 놀랐다.

그러더니 대통령에게 겨누었던 권총을 천천히 들어 올렸다.

아니, 권총을 들어 올리는 것은 그의 의지가 아니다.

그가 대통령을 겨누고 있는 권총이 느릿하게 들어 올려지더니 마침내 그의 옆머리를 겨누었다.

"으으……."

그는 일그러진 얼굴로 권총을 내리려고 무진 애를 쓰는데 자신의 옆머리를 겨누고 있는 권총은 꼼짝도 하지 않았다.

국방장관과 경호원들, 그리고 3명의 요족들까지 그 광경을 보면서 크게 놀랐다.

경호실장의 이런 느닷없는 행동은 강도의 솜씨다.

그는 여전히 경호실장을 등진 채 앉아 있으면서도 무형지기를 발출하여 경호실장을 갖고 노는 것이다.

꽝!

"끅!"

그 순간 경호실장이 자신의 옆머리에 권총을 발사했다.

"와앗!"

"앗!"

여기저기에서 놀라는 외침이 터져 나왔다.

강도는 앉은 자세에서 손조차 까딱하지 않았는데 그의 몸에서 한 줄기 무형지기가 발출되더니 좌우 두 줄기로 갈라져서 반원을 그으며 쏘아갔다.

제22장
절대자의 위용

두 줄기 무형지기는 쏘아가는 도중에 납작하게 변형되어 면도날처럼 얇아졌다.

투우우…….

그러고는 마치 살아 있는 것처럼 구불구불 휘어지면서 10여 명 경호원들의 목을 스치고 지나갔다.

"억……."

"끽……."

각료들을 권총으로 위협하고 있던 10여 명의 경호원은 손으로 목을 만지면서 답답한 신음 소리를 내더니 와르르 그 자리에. 무너지듯 쓰러졌다.

쓰러진 경호원들 목에 붙어 있던 머리통이 분리되어 주변으로 흩어지며 굴러다녔다.

"아앗!"

"허어엇!"

그 광경을 보고 각료들은 혼비백산해서 사방으로 흩어졌다.

더구나 살아 있었을 때는 인간의 모습이었다가 목에서 머리통이 분리된 후에는 괴이한 모습의 마족으로 변한 것을 보고 각료들은 혼비백산한 표정이다.

국방장관 위강 빌람은 움찔 놀라면서 반사적으로 강도를 쳐다보았다.

하지만 강도는 묵묵히 앉아 있을 뿐 아무런 행동도 취하지 않고 있다.

누가 보더라도 강도는 경호실장과 경호원들이 죽은 것과는 하등의 관계가 없는 것처럼 보였다.

하지만 빌람의 눈은 예리했다.

그는 모든 사람이 크게 놀라서 우왕좌왕하고 심지어 대통령까지 놀라는데 유독 강도 혼자만 덤덤하게 앉아 있는 모습을 놓치지 않았다.

그래서 빌람은 강도를 의심했다.

어쩌면 그가 페헤르를 죽인 암중의 인물일지도 모른다고 생각했다.

빌람은 더 이상 나서지 않고 가만히 지켜보기로 했다.

그러면서 강도를 예의 주시했다.

현재 청와대 안팎에는 마족들이 득실거리고 있다.

하지만 이곳에는 빌람 혼자뿐이다.

그러나 빌람의 예상으로는 설사 청와대를 거의 장악하고 있는 마족들이 공격을 한다고 해도 강도에게는 당하지 못할 것 같았다.

빌람은 여차하면 대통령이나 주위에 있는 각료를 인질로 삼을 생각이다.

그렇지만 아직은 아니다.

그는 대통령에게 벙커에 들어가라고 권고했을 뿐이지 위협적인 행동은 취하지 않았다.

이제부터라도 의심을 살 만한 행동은 하지 않으면 된다고 판단했다.

3명의 요족은 다른 각료들과 똑같이 행동했다.

각료들이 놀라면 자신들도 놀라고 각료들이 허둥지둥하면 자신들도 허둥지둥하면서 벽 쪽으로 물러났다.

강도는 밖에 있는 질풍대장 태청에게 전음을 보냈다.

[태청, 대통령을 호위하라.]

이어서 대통령에게 심언을 전했다.

―일어나셔서 가족에게 가십시오. 제 부하가 모실 겁니다.

강도는 태청이 대통령 전용 출입구 안으로 들어서는 것을 보고 대통령과 비서실장을 그쪽으로 보냈다.

실내에는 각료 12명과 시체들 그리고 강도만 남았다.

철컥…….

그때 문이 열리더니 군복을 입은 2명의 장군이 들어섰다.

앞선 사람이 합참의장 즉, 합동참모본부 의장이고 뒤쪽이 육참총장 육군참모총장이다.

합참의장과 육참총장을 안내한 직원이 문밖에서 회의실 안의 상황을 보고는 크게 놀라 오줌을 지리는 표정을 지었다.

쿵!

문이 저절로 굳게 닫혔다.

강도가 잠력을 발휘한 것이다.

강도가 봤을 때 합참의장은 마족 위강 빌람이고 육참총장은 인간이다.

국방장관의 얼굴에 조금 안도하는 표정이 떠올랐다.

빌람이 한 명 더 왔기 때문에 2명의 빌람으로 강도를 상대할 자신감이 생겼기 때문이다.

그리고 강도 뒤에서 아까 자신의 옆머리에 권총을 쏜 경호실장 마랑 렐레크부바르가 소리 없이 부스스 일어나고 있는 것을 봤기에 이제 상황은 역전됐다고 생각했다.

하지만 국방장관의 그런 생각은 이미 강도에게 다 읽혔다.

대통령이 나갈 때도 자리에서 일어나지 않았던 강도는 차분한 얼굴로 국방장관을 응시했다.

"빌람."

"……."

강도의 느닷없는 말에 국방장관은 흠칫했다.

설마 강도가 자신을 콕 찍어서 그것도 마계의 지위인 '빌람'이라고 부를 것이라고는 예상하지 못했기에 목에 가시가 박힌 기분이다.

강도는 국방장관 오른쪽에 서 있는 육참총장 건너 합참의장을 쳐다보았다.

"그리고 너도 빌람이로군."

"……."

합참의장도 칼에 목을 찔린 것처럼 아무 말 못 했다.

그러거나 말거나 강도는 제 할 말을 했다.

"너희들 제16영지 소속이냐?"

"……."

역시 2명의 빌람은 침묵을 지켰다.

너무 놀라서 입안이 바싹 타들어갔다.

요족 3명은 바싹 긴장했다.

강도가 마족 위강 빌람을 한눈에 알아봤을 뿐만 아니라 족집게처럼 콕 집어냈기 때문이다.

그러니까 어쩌면 강도가 자신들의 정체도 알아냈을지 모른다고 조바심이 생겼다.

하지만 강도는 3명의 요족에게는 눈길조차 주지 않았다.

그것이 요족들을 다소 안도하게 만들었다.

다른 각료 8명은 상황이 어떻게 돌아가고 있는지 전혀 갈피를 잡지 못했다.

경호실장이 어째서 제 손으로 권총 자살을 했으며, 10여 명의 경호원들이 왜 갑자기 목이 잘라져서 죽었는지 전혀 알지 못하고 그저 귀신에게 홀린 표정만 짓고 있었다.

더구나 강도가 국방장관과 합참의장에게 '빌람'이니 '제16영지 소속'이라고 말하는 게 무슨 뜻인지 알지 못했다.

그때 각료들이 강도를, 아니, 강도 뒤쪽을 보면서 크게 놀라는 표정을 지었다.

권총 자살을 한 경호실장 마랑이 오른손에 권총을 쥔 채 일어나서 권총을 강도에게 겨누었기 때문이다.

마족은 모가지를 잘라야지만 죽는다.

그렇기 때문에 렐레크부바르는 양쪽 옆머리에 구멍이 뻥 뚫린 모습으로 일어난 것이다.

국방장관이 득의한 미소를 지으며 강도에게 물었다.

"흐흐… 이놈아, 넌 누구냐?"

"나 말이냐?"

두 빌람은 뒤통수에 권총이 겨누어진 강도가 신이 아닌 이상 절대로 허튼짓을 하지 못할 거라고 믿었다.

강도는 느긋하게 미소 지었다.

"쾰드빌라그 라프오르사그의 영주 페헤르웨르데그를 일 초식에 죽였다면 내가 누구일 것 같으냐?"

두 빌람은 강도의 말에 오싹함을 느꼈지만 자신들이 고개만 끄떡이면 렐레크부바르가 강도를 죽일 것이기 때문에 애써 용기를 냈다.

"현 세계에 그런 자가 있다면 오로지 한 명뿐이다."

강도는 고개를 끄떡였다.

"그가 바로 나다."

두 빌람과 권총을 겨누고 있는 렐레크부바르는 반사적으로 움찔했다.

그리고 각료들에 섞여 있는 3명의 요족도 크게 놀랐다.

페헤르웨르데그를 일 초식에 죽일 수 있는 현 세계의 한 명뿐인 자가 누구라는 걸 잘 알고 있기 때문이다.

강도는 아주 여유로운 표정을 지었다.

"페헤르는 날 킨트이슈텐이라고 부르더군."

"아……."

"킨트이슈텐!"

두 빌람이 나직한 외침을 터뜨릴 때.

픽!

강도 뒤에 서 있던 렐레크부바르의 머리가 그대로 박살 나며 터져 버렸다.

강도가 렐레크부바르의 머리를 박살 내기 위해서는 구태여 손을 휘두를 필요도 없었다.

그저 그의 머리를 부수겠다고 마음만 먹으면 저절로 무형지기가 발출된다.

무림에서는 그런 입신지경의 수법을 이어심기(以馭心氣)라고 하지만 강도로선 장난 같은 일이다.

두 빌람은 너무 놀라서 자신들이 강도를 공격해야 한다는 사실조차도 한순간 망각했다.

파파파팍……

"으음……."

다음 순간 두 빌람은 몸 몇 군데가 따끔거리는 것을 느꼈다.

단지 그것뿐이다.

그런데 몸이 전혀 움직이지 않았다.

그뿐만이 아니라 말도 나오지 않았다.

그들은 설마 10m나 떨어져 있는 강도가 자신들을 제압할 것이라고는 예상하지 못했다.

페헤르웨르데그를 일 초식에 제압한 강도거늘 빌람쯤이야 눈 감고도 제압할 수 있다.

또한 마족과 요족은 인간하고 신체 구조가 다르기 때문에 혈도의 위치도 달라서 그들을 제압하는 일은 절대로 쉬운 일이 아니었다.

하지만 강도의 점혈수법은 일일이 혈도를 찾아 누르는 방법이 아니다.

그저 점혈지풍(點穴指風)을 상대의 몸에 적중시키면 진기가 체내로 파고 들어가 혈맥을 타고 흐르다가 알아서 혈도를 찾아내 봉쇄해 버리는 것이다.

슉—

비로소 자리에서 일어난 강도는 혈도가 제압돼서 뻣뻣하게 서 있는 두 빌람에게 다가갔다.

각료들은 벽에 붙어 서 있고 강도는 테이블 가장자리와 각료들 사이로 천천히 걸어갔다.

벽을 등지고 늘어서 있는 3명의 요족들은 강도가 점점 가까이 다가올수록 극도로 긴장하여 얼굴에 드러났지만 정작 본인들은 모르고 있다.

지금은 말을 할 수 없는 상황이라서 전음 같은 것을 할 줄 모르는 그들은 불과 2~3초 사이에 분주하게 서로의 눈짓을 교환하며 어떻게 할 것인지 의논했다.

일테면 강도가 자신들의 앞을 스쳐서 걸어갈 때 공격해서 제압하거나 죽이느냐는 것이다.

그러나 그들은 침묵하기로 결정했다.

지금은 현 세계의 절대자 킨트이슈텐이 마족을 응징하고 있는 중이다.

이건 마족의 일인 것이다.

그런데 구태여 요족이 끼어들 필요가 없다.

강도는 3명의 요족 앞을 스쳐 지나갔다.

그는 요족들에게서 강한 살기와 그들의 심장과 맥박이 미친 듯이 두근거리는 것을 감지했지만 모른 체했다.

요족들을 용서하려는 것이 아니다.

지금은 마족을 상대할 것이고, 잠시 후에 요족을 다그칠 생각이다.

척!

강도가 두 빌람에게 이르렀을 때 문이 열리고 질풍대의 공명과 질풍대원 한 명이 들어왔다.

"데려가라."

강도는 공명 등을 부를 때 이미 어떻게 하라는 명령을 했으므로 그저 두 범람을 턱으로 가리켰다.

공명과 질풍대원은 두 범람을 어깨에 메고 회의실을 나갔다.

"총장께선 따라오십시오."

강도는 육참총장에게 말하고 조금 전에 대통령이 나갔던 출입구로 걸어갔다.

3명의 요족과 8명의 각료들은 아무 말도 하지 못하고 회의실을 나가는 강도와 육참총장을 바라보기만 할 뿐이다.

강도는 그냥 회의실을 나간 게 아니다.

이미 천리전음으로 질풍대가 할 일을 두루 지시해 두었다.

강도가 육참총장을 데리고 대통령에게 가는 동안 질풍대는 청와대의 마족을 소탕할 것이다.

아울러 회의실에 있던 3명의 요족을 감시하고 그 일당들에 대해서 알아낼 것이다.

대통령 거처 입구에는 도맹의 전사 4명이 지키고 있었다.

삼남일녀로 구성된 그들은 입구로 걸어오고 있는 강도와 육참총장을 뚫어지게 주시하며 강경한 자세를 취했다.

도맹 부맹주 현천자가 아무도 출입시키지 말라고 엄명을 내렸기 때문이다.

현천자 구인겸은 청와대의 사태가 매우 심각한 것을 알고 도맹의 일급 전사들을 전송해 오겠다고 강도에게 말해서 허락을 받았었다.

입구를 지키고 있는 삼남일녀 중에 한 명의 청년 태광(太光)은 현천자의 대제자로 도맹 무당 제일조의 조장이다.

즉, 무일조장으로 도맹의 전사들 중에서는 최고수라고 할 수 있다.

강도는 입구를 지키는 도맹의 무전사들이 자신을 통과시키지 않을 것이기에 안에 있는 구인겸을 전음으로 불렀다.

"아!"

그런데 무일조장 태광이 가까이 다가온 강도를 보더니 눈을 크게 뜨고 놀라며 낮은 탄성을 터뜨렸다.

강도는 그를 슬쩍 쳐다보다가 그가 어째서 탄성을 터뜨렸는지 알았다.

강도는 태광을 서너 번 본 적이 있었다.

그러니까 태광도 강도를 알아본 것이다.

비록 30대 나이가 아니고 덥수룩하게 수염을 기르지 않은 젊은 강도의 모습이지만 태광은 가까이 다가온 그를 한눈에 알아보고 경악했다.

"설마… 신군이십니까?"

그렇게 묻는 태광의 목소리가 와들와들 떨렸다.

강도는 엷은 미소를 지었다.

"오랜만이다, 태광."

"아아……."

태광은 부르르 몸을 떨다가 그 자리에 풀썩 무너지듯이 부복하여 부르짖었다.

"속하 태광이 신군을 뵈옵니다."

같이 있던 이남일녀는 혼비백산 놀라더니 앞다투어 그 자리에 픽! 픽! 엎어지며 부복했다.

"일어나라."

강도는 손을 사용하지도 않은 채 무형지기로 4명을 동시에 일으켜 세웠다.

그때 입구가 열리고 안에서 구인겸이 나와 강도에게 공손히 허리를 굽혔다.

"주군, 들어오십시오."

태광과 무전사들은 안으로 들어가는 강도의 뒷모습을 바라보면서 꿈을 꾸는 표정을 지었다.

"오빠!"

소파에 앉아 있는 대통령 가족 중에서 혜원이 들어서는 강도를 발견하고 반갑게 외치면서 달려왔다.

혜원은 강도에게 안기듯 하면서 종알거렸다.

"언제 오셨어요?"

언니 혜수도 소파에서 일어나 다가왔지만 혜원처럼 안기지 못하고 쭈뼛거렸다.

소파는 매우 커서 사람들이 사각으로 앉았다.

대통령 내외가 나란히 앉았으며, 오른쪽 소파에는 강도와 혜원이 나란히 앉았는데 혜원이 혜수의 손을 잡아끌어 강도 옆에 앉혔다.

그리고 대통령 내외 왼쪽 소파에는 구인겸이, 맞은편에 육 참총장이 앉았다.

대통령은 신뢰가 듬뿍 담긴 표정으로 강도를 바라보았다.

"어떻게 됐습니까?"

대통령은 조금 전 회의실에서도 경호실장에게 위협을 당했다가 강도 덕분에 무사히 빠져나왔다.

이제 대통령은 강도 없이는 마계와 요계를 물리칠 수 없다고 판단하게 되었다.

"국방장관과 합참의장, 경호실장, 다수의 경호원들이 마족이었습니다."

"음."

대통령의 얼굴이 굳어졌다.

"회의실에 난입한 경호실장과 경호원들은 죽었고 국방장관과 합참의장은 제압해서 가두어놓았습니다."

영부인이 강도를 바라보며 고마워서 어쩔 줄 몰랐다.

"강도 씨 아니었으면 꼼짝없이 당하고 말았을 거예요. 지난번에도 그렇고 오늘도… 강도 씨가 계시지 않았으면 큰일 날

뻔했어요."

대통령은 고개를 끄떡였다.

"그렇습니다. 우린 마계나 요계에는 속수무책입니다."

그는 진심 어린 표정으로 강도를 쳐다보았다.

"대한민국의 운명이 강도 씨 손에 달렸습니다."

대통령으로서 나약하기 짝이 없는 말이지만 그는 현실을 인정한 것이다.

혜원은 강도에게 기대서 그의 팔을 꼭 안은 채 그의 준수한 옆얼굴을 바라보았다.

혜수도 혜원처럼 하고 싶지만 워낙 숫기가 없고 내성적인 성격이라 수줍게 강도를 바라보기만 했다.

강도는 구인겸에게 지시했다.

"대통령님과 총장님을 모시고 가서 가짜 국방장관과 합참의장을 심문하도록 하게."

구인겸은 공손히 고개를 숙였다.

"명을 받듭니다."

대통령 등은 대양그룹 총수인 구인겸이 강도를 주인처럼 공경하고 또 사극에 나오는 신하가 주군을 대하는 것처럼 하는 광경을 보면서 신기한 표정을 지었다.

강도가 대통령에게 말했다.

"제 생각으로는 현재 서울로 진격하고 있는 부대들의 지휘

관들이 마족인 것 같습니다. 제가 지휘관들을 제거할 테니까 뒤는 총장께서 처리하십시오."

서울로 진격하고 있는 여러 부대의 수만 명이 전부 마족일 리는 없다.

그러니까 쿠데타 부대를 이끌고 있는 마족들을 제거하면 일이 수월할 거라는 얘기다.

"국방장관과 합참의장을 심문하면 어떤 부대의 누가 마족인지 알 수 있을 것입니다."

꿔다놓은 보릿자루처럼 앉아 있는 육참총장이 의아한 표정으로 겨우 입을 열었다.

"저는 어찌 된 영문인지 도통 모르겠습니다. 마족이라는 게 대체 뭡니까?"

강도는 구인겸을 가리키며 일어섰다.

"저 사람이 설명해 줄 겁니다."

강도가 일어서자 대통령을 비롯한 모든 사람이 따라 일어섰다.

구인겸이 강도에게 전음으로 말했다.

[전사들을 데려왔으니까 주군께서 쓰십시오.]

강도는 가볍게 고개를 끄떡이고는 방을 나왔다.

문밖에 있던 태광 등은 강도가 나오자 부동자세를 취했다.

"부맹주께서 신군을 모시라고 방금 명령하셨습니다. 대통령 경호는 다른 조가 맡기로 했습니다."

강도는 걸음을 옮겼다.

"몇 명이나 왔느냐?"

태광이 뒤따르면서 대답했다.

"도맹 무당 138명 전원 왔습니다."

"대통령 경호에 10명을 맡기고 너희들은 날 따라와라."

태광과 조원들은 신바람이 났다.

"알겠습니다."

절대신군과 행동을 같이한다는 것은 무림인이든 현 세계의 인간이든 무상의 영광이다.

10분 후.

강도와 질풍대, 도맹 무전사들은 청와대 안팎에 있던 마족 65명을 섬멸하고 브리핑 룸에 모였다.

질풍대원들은 물론이고 도맹 무전사들은 모두 각성자들이기 때문에 상시 무공을 사용할 수 있다.

질풍대원 한 명이 손목의 트랜스폰을 조작하여 벽에 걸린 대형 TV하고 연결했다.

"나왔습니다."

TV 화면에는 한밤중에 도로 양쪽 차선을 완전히 점거한 채 라이트 불빛을 번쩍이며 이동하고 있는 전차와 장갑차들 그리고 수천 명의 완전무장한 군인들의 모습이 나타났다.

강도를 비롯한 모든 전사는 TV 화면을 주시하면서 침묵을 지켰다.

앞쪽에 서 있는 강도가 명령했다.

"부대 위치를 띄워라."

TV 화면에 서울을 중심으로 경기도 전역 지도가 나타났다.

질풍대원 한 명이 지도에서 붉은색으로 점멸하고 있는 지점들을 차례로 가리켰다.

"여기 도봉으로 진입하고 있는 병력이 가장 큰데 제일 먼저 서울 시내로 진입할 것 같습니다. 육군 5사단이며 전차부대와 장갑차부대를 앞세우고 있습니다."

질풍대원의 브리핑이 끝난 후 강도는 네 방향으로 보낼 질풍대원과 무전사들을 나누었다.

"무전사 32명씩 4개 조로 나누고, 질풍대 일개 조가 무전사 일개 조를 지휘한다."

질풍대 일개 조 4명이 무전사 32명을 지휘하면 질풍대원 한 명이 무전사 8명을 이끄는 것이다.

질풍대원들은 모두 강도가 생사현관을 소통시켜 주었기 때문에 무전사에 비해서 무공이 두 배 이상 고강하다.

또한 강도가 일신결계를 쳐줘서 마족, 요족의 공격에 끄떡 없으므로 질풍대원이 선봉에 서야만 한다.

"태청, 조를 편성하라."

"명을 받듭니다."

강도의 명령에 질풍대장 태청이 앞으로 나서 사형인 태광의 도움을 받아 일사불란하게 조를 편성했다.

"청제, 어떻게 된 거야?"

태광은 사제인 태청이 질풍대장이 됐다는 사실이 금시초문이므로 조를 편성하면서 속삭이며 물었다.

"그렇게 됐습니다."

"청제, 화후가 좋아 보이는데 신군께 은혜를 받았나?"

태광의 물음에 태청은 미소를 지었다.

"그렇습니다. 주군께서 생사현관을 소통해 주시고 일신결계를 쳐주셨습니다."

"아… 과연."

태광은 부러운 표정을 지우지 못했다.

"신군을 주군이라고 부르다니, 청제는 복 받았네."

"저도 그렇게 생각합니다."

강도는 조편성 된 것을 한 차례 둘러보고는 벽운이 조장으로 있는 팀에게 손짓을 했다.

"벽운, 너희들은 나하고 같이 가자."

"네, 주군."

벽운을 비롯한 그녀의 팀원 전체는 얼굴 가득 기쁜 표정을 떠올렸다.

강도는 3개 팀들을 각각 동쪽과 서쪽 남쪽으로 전송했다.

그러고 나서 자신은 벽운조 4명, 무전사 32명을 이끌고 도봉으로 향했다.

쿠쿠쿠르르르……

선두에는 K2흑표전차대대가, 그 뒤를 K21보병전투장갑차대대가 뒤따르고 있는 굉음이 지축을 울리고 있다.

그리고 그 뒤로 수천 명의 병력을 가득 태운 군용 트럭들이 줄지어서 꼬리를 물고 이어져 있다.

도로 양쪽 인도에는 많은 사람이 나와서 휴대폰으로 사진을 찍으면서 구경하고 더러는 환호성을 터뜨렸다.

사람들은 이 부대가 쿠데타를 일으키기 위해서 서울 시내로 진입하고 있다는 사실을 꿈에도 모르고 있다.

쿠우우… 쿠쿠르르……

부대는 약 시속 30㎞의 속도로 이동 중이다.

부대 수백 미터 상공 밤하늘에서 희뿌연 빛 무더기가 수직으로 내리꽂혔다.

스으응…….

뒤이어서 쿠데타 병력이 이동하고 있는 전방 300m 도로변의 어느 10층 건물 옥상에 정지하는가 싶더니 강도를 비롯한 36명이 모습을 드러냈다.

사사삭…….

강도가 도로 쪽 난간으로 미끄러져 가자 모두 민첩하게 그의 뒤를 따랐다.

[각 2명씩 지휘 차량의 장교를 제거한다. 마족이 아닌 사람을 죽여서는 안 된다.]

강도의 전음이 동시에 모두에게 전달되었다.

[지프와 트럭을 빠짐없이 체크해라. 한 놈이라도 놓치면 안 된다.]

벽운을 비롯한 모두의 얼굴에 비장함이 떠올랐다.

쿠르르르…….

K21보병전투장갑차 행렬이 끝나는 곳에 투스타 넘버를 단 사단장 군용 지프가 굴러오고 있다.

조수석에는 투스타 제5사단장이, 뒷자리에는 부관과 작전참모가 앉아 있다.

스으…….

뒷자리에 앉아 있는 부관과 작전참모 사이에 흐릿한 유령

같은 것이 나타나는가 싶더니 무형지기가 사단장의 목을 싹 둑 잘랐다.

삭……

"끅……."

그리고 거의 같은 순간 부관과 작전참모, 운전병 3명의 목이 동시에 잘라졌다.

바닥에 떨어진 4개의 머리는 방금 전까지는 인간이었는데 지금은 마족으로 변해 있다.

사단장은 마랑이고 나머지 3명은 빙악과 귀부다.

뒷자리 가운데 앉아 있는 사람은 강도다.

그는 몸을 앞으로 숙여서 시동을 끄고 차에서 내렸다.

사단장 지휘 차량이 멈추고 2~3초쯤 지났을 때 뒤따르던 차량들이 줄줄이 시동을 끄고 멈추었다.

강도와 같은 시간에 지휘 차량으로 전송된 질풍대원들과 무전사들이 순식간에 마족들을 제거하고 차의 시동을 끈 것이다.

사단장 차량에서 내린 강도는 빛처럼 빠른 속도로 뒤를 향해 쏘아가며 줄지어 늘어선 차량들을 살펴보았다.

강도보다 몇 초 늦게 차에서 내린 질풍대원과 무전사들도 뒤를 향해 내달렸다.

강도 일행이 워낙 빠른 속도로 쏘아가는 바람에 뒤쪽의 차량들은 멈추지 않고 계속 달려오고 있다.

강도는 달리는 차량들을 질풍대원과 무전사들에게 양보하고 자신은 더욱 뒤쪽으로 쏘아갔다.

투타타타탕—

그런데 그때 강도가 지나온 뒤쪽에서 갑자기 콩을 볶는 듯한 요란한 총소리가 들렸다.

그와 함께 누군가 보내는 다급한 전음폰이 울렸다.

—트럭 뒤쪽에 타고 있던 소대장에게 발각됐습니다! 반복합니다! 소대장도 마족입니다!

강도의 얼굴이 찌푸려졌다.

'이런, 젠장!'

최하급 장교인 소대장까지 마족일 줄은 예상하지 못했다.

더구나 소대장들은 트럭 뒤에 군인들과 같이 타고 있었기 때문에 더 쉽게 지나쳐 버렸던 것이다.

강도는 방향을 바꿔 왔던 곳으로 쏘아가며 명령했다.

—전원 반격하지 말고 그 자리에서 빠져나와 뒤쪽의 마족을 제거해라!

군인들이 무림고수를 사살하는 것은 쉽지 않다.

그렇다고 해서 질풍대원과 무전사들에게 군인들이 쉬운 상대라는 것은 아니다.

강도가 도착해 보니까 한 대의 트럭에서 내린 군인들이 자동소총을 양손에 쥐고 눈에 불을 켠 채 이리저리 돌아다니면서 누군가를 찾고 있다.

그리고 그들 중에 소대장이 마구 소총을 갈겨대면서 고함을 지르고 있다.

투카카카캇!

"지휘 차량을 습격한 놈들을 찾아내서 사살해라! 모두 죽여라!"

질풍대원과 무전사들은 이미 뒤쪽으로 빠져 나갔기 때문에 이곳에 없는데도 소대장은 발광을 하고 있는 것이다.

소대장이 여기저기에 발포를 하는 바람에 도로변에서 구경하던 인파 쪽으로도 총탄이 날아가 몇 명이 비명을 지르며 나뒹굴었다.

소대장이 인간이라면 민간인들이 다칠까 봐 발포에 최대한 신경을 쓸 텐데 마족이다 보니까 민간인의 안전 같은 건 전혀 고려하지 않았다.

삭—

"끄윽……."

강도는 멀리서 무형지기를 날려 소대장의 목을 잘랐다.

소대장이 목이 잘라져서 쓰러지고 또 목에서 떨어져 나간 머리통이 인간이 아닌 마계 8위 귀부의 흉측한 몰골이라서 군인들은 크게 놀라 우왕좌왕했다.

뒤에 정지한 트럭에서도 군인들이 쏟아져 내리고 있으며, 소대장들이 악을 쓰며 발포하기 시작했다.

스사아아—

강도는 한 줄기 바람처럼 군인들 사이를 누비면서 소대장들을 찾아냈다.

그가 봤을 때 어떤 소대장은 마족이고 또 어떤 소대장은 인간이었다.

강도는 앞쪽의 상황이 어떤지 보려고 달려오는 소대장들 중에 마족만 골라서 목을 잘랐다.

털썩!

툭…….

달려오던 마족 소대장들이 고꾸라지듯이 쓰러지고 머리통이 굴러다니자 군인들은 혼비백산했다.

5사단은 도봉으로 진입하는 길목에서 정지했다.

강도는 인간인 소대장 한 명의 혈도를 제압해서 사단장 차량 안으로 전송해 들어갔다.

아혈까지 제압된 소대장은 차량 안에 머리 없이 몸뚱이만 의자에 앉아 있는 4구의 시체를 보고는 공포에 질려서 눈을 찢어질 듯이 부릅뜨며 온몸을 와들와들 떨었다.

더구나 강도와 소대장은 좁은 지프 안 뒷자리에 엉거주춤

한 자세로 있기 때문에 머리가 없는 시체가 바로 코앞에 있어서 소대장은 졸도할 거 같은 얼굴로 입에서 거품이 부글부글 흘러나왔다.

"잘 봐라. 이들은 인간이 아니다."

강도의 말과 함께 바닥에 떨어져 있던 2개의 빙악 머리통이 스르르 위로 떠올랐다.

눈높이 30㎝ 거리에 나란히 떠오른 빙악의 모습을 본 소대장은 기절 직전의 얼굴이 되었다.

소대장 눈앞에 떠 있는 두 개의 머리는 절대로 인간의 모습이 아니다.

일자 눈썹이고 눈과 눈 사이 간격이 1㎝도 안 될 정도로 좁아서 눈이 붙은 것 같다.

또한 돼지처럼 약간 튀어나온 코에 콧구멍이 뚫렸으며 반면에 입은 쑥 들어갔는데 팔자로 양쪽 입술 끝이 아래로 축 처진 괴기한 모습이다.

강도는 이번에는 조수석에 앉은 사단장 행세를 하던 마랑의 머리통을 잠력으로 떠오르게 했다.

"이게 사단장이다. 이놈들은 마족이라고 하는데 쿠데타를 일으키려고 했다."

강도는 소대장의 아혈을 풀어주었다.

"끄아아아!"

소대장은 아혈이 풀리자마자 목에 핏대를 세우며 냅다 찢어지는 비명을 질렀다.

강도는 무형막을 쳐서 소대장의 비명이 밖으로 새어 나가지 않도록 했다.

밖에는 군인들이 이리 뛰고 저리 뛰면서 바락바락 악을 쓰고 있다.

또한 사단장 차를 열려고 몇 명이 달라붙어 있지만 차 문이 꼼짝도 하지 않았다.

강도는 소대장의 어깨에 손을 얹고 부드러운 진기를 조금 주입시켜서 그를 진정시켰다.

주입된 진기는 소대장의 미친 듯이 뛰는 심장과 혈맥을 다스려서 빠르게 안정시켰다.

"아… 하아……."

5초쯤 지나자 소대장은 헐떡이면서 눈을 크게 뜨고 격동과 공포가 많이 가라앉았다.

이쯤에서 강도는 새로운 시도를 해보았다.

자신의 생각을 소대장에게 전달하는 것이다.

그는 생각을 정리할 새도 없이 심기(心氣)를 소대장의 머리로 쏘아 보내면서 그의 내심을 끄집어내서 자신의 것으로 입력시켰다.

"흐어……."

강도의 심기가 뇌로 스며들자 소대장은 갑자기 몸을 크게 움찔거리며 놀랐다.

그러고는 몇 초 동안 눈을 깜빡거리면서 가만히 있다가 강도를 쳐다보았다.

"알… 겠습니다."

강도의 심기가 소대장에게 제대로 전해진 것 같다.

"뭘 알겠나?"

"아… 지금 상황이… 마계가 사단장 이하 장교들을 마족으로 교체시킨 후에 제5사단 병력을 서울 시내로 진입시켜서 쿠데타를 일으키려고 하던 중이었습니다."

"그렇다. 이제부터 자네가 할 일은 군인들을 진정시키고 상황을 바로 잡는 것이다."

소대장은 강도를 보더니 공손히 고개를 숙였다.

"주군의 명을 받듭니다."

도대체 강도의 어떤 심기가 그에게 심어졌는지 그는 흡사 무림인이 절대신군을 대하듯이 행동했다.

"자네 이름은?"

"하상욱 중위입니다."

강도는 하상욱의 어깨를 잡고 사단장 차 밖으로 나가 혈도를 풀어주었다.

"제대로 하게."

"맡겨주십시오."

하상욱은 군인들을 향해 달려갔다.

사단장 차에서 나온 강도는 뒤로 가면서 마족 소대장을 눈에 띄는 대로 목을 잘랐다.

그러고는 인간 소대장들에겐 자신의 심기를 주입하면서 그들의 내심을 흡수했다.

또한 선두의 전차부대와 장갑차부대의 장교들도 마족과 인간을 가려내서 죽이거나 심기를 주입했다.

제5사단을 진압하는 과정에서 강도는 두 가지를 새로 배우게 되었다.

자신의 생각 즉, 심기를 상대에게 심어줄 수 있다는 것.

그리고 어떤 일을 처리할 때 막무가내로 밀고 나가기보다는 그것이 크든 작든 구체적으로 세밀하게 풀어나가야 한다는 사실이다.

강도가 소대장을 이해시키고 그를 통해서 군인들을 진정시켜 일을 순리대로 푸는 것을 말한다.

서울 북동 방면에서 서울로 진입하려던 쿠데타군 제5사단은 진압됐다.

그렇지만 15명의 인간 소대장만으로 만 명에 달하는 병력을 지휘, 통제하는 것이 어려워서 아직은 도로에 멈춰 있는 상황이다.

최소한 영관급 장교 즉, 소령, 중령, 대령 등이 와야지만 이 상황을 정리할 수가 있다.

그렇지만 수도방위사령부의 영관급장교들은 거의 대부분 마족들이었고, 그래서 일전에 강도에게 모조리 제거됐기 때문에 씨가 마른 상황이다.

어쨌든 강도는 도봉 지역의 상황을 청와대에 연락해서 앞으로의 일은 육참총장에게 맡겼다.

―주군! 여기는 절반 이상이 마족입니다!

강도가 동남쪽 상황을 정리하고 있을 때 다급한 연락이 전해졌다.

강도는 목소리만으로 그가 서쪽으로 간 태청이라는 사실을 알 수 있었다.

그런데 절반 이상이 마족이라니, 어떻게 그럴 수 있는지 모를 일이다.

절반 이상이 장교일리는 없다.

그렇다면 일반 사병들까지 마족이라는 얘기다.

―주군! 여긴 특전사들이 바글거립니다!

태청의 절규 같은 그 말에 강도는 정신이 번쩍 들었다.

―우리 팀은 벌써 5명이나 죽었습니다!

서쪽에서 진입하던 병력은 한강 인도교에서 멈춰 있었다.

선두 마족 사단장 이하 영관급, 위관급 장교들은 다 제거됐지만 9, 11공수특전여단이 격렬하게 저항하고 있는 중이다.

아니, 좀 더 냉정하게 말하자면 2개 공수특전여단이 질풍대원과 무전사들을 토벌하고 있었다.

공수특전대는 현 세계의 전사들이다.

고도로 훈련을 받은 데다 첨단 개인화기까지 지니고 있어서 질풍대원과 무전사들이 그들 눈에 띄는 순간 집중 공격을 받기 일쑤다.

더구나 질풍대원과 무전사들은 한강 인도교 위에 포위, 고립된 상황이었다.

강도는 한강 인도교 한가운데에 전송되기 직전에 수하들에게 명령했다.

―모두 이동간으로 용산 방향으로 철수해라.

강도는 한강 인도교에서 우선 용산 방향으로 이동하면서 빠르게 주위를 훑었다.

투타타타탕― 쿠카카캇!

가까운 곳에서 요란하게 총소리가 터졌다.

파파파파―

특전대원들이 강도에게 사격을 한 것이지만 그가 일으킨 호신막에 맞아서 모조리 퉁겨졌다.

강도는 네 방향에서 쏜 총탄을 맞았는데 사격을 한 방향과 거리 등을 정확하게 기억했다.

투웃—

그는 무형강기를 사용하지 않고 일반 강기를 발출했다.

강기를 무형으로 만들려면 그만큼 위력이 떨어지지만 일반 강기를 전개하면 위력이 30%쯤 배가된다.

20m 거리에서 트럭을 엄폐물 삼아 사격하고 있는 마족 특전대원을 향해 강기가 미사일처럼 쏘아갔다.

강도가 화가 난 상태에서 발출한 강기라서 굵기는 팔뚝 정도이고 위력은 1m 두께 콘크리트를 뚫는다.

트럭 뒤에 숨어 있는 마족 특전대원은 자신을 향해 금빛의 빛 덩어리가 곧장 쏘아오자 즉시 몸을 감추었다.

쾅!

금빛 강기는 트럭을 관통하여 마족 특전대원의 어깨에 적중됐는데 위력이 얼마나 막강한지 어깨 위에 있는 부위가 송두리째 날아가 버렸다.

투하악! 투웃!

강도는 성큼성큼 걸어가면서 이리저리 강기를 쏘아내 마족 특전대원들을 한 번에 서너 명씩 작살냈다.

한강 인도교 용산 쪽에 물러나 있는 질풍대원과 무전사들은 고가도로 교각 뒤에 모여 있었다.

쿵!

"크윽……"

바닥에 주저앉아 있는 질풍대장 태청은 교각을 주먹으로 치며 얼굴을 일그러뜨렸다.

자신이 이끌던 질풍대원과 무전사가 5명이 죽은 줄 알았는데 여기로 철수해서 확인해 보니까 6명이 없다.

조금 전 강도가 모두 이동간을 이용하여 철수하라고 명령했으므로 움직일 수 있는, 아니, 트랜스폰을 작동할 수 있는 대원들은 모두 이곳으로 철수했다.

그런데 6명이 보이지 않는다.

철수하기 전에 태청이 직접 눈으로 확인하거나 보고를 접한 대원의 죽음은 5명이었는데 한 명이 더 늘었다.

그러나 그보다 더 태청을 가슴 아프게 하는 것은 사형 태광의 죽음이다.

태광은 태청이 미처 피하지 못한 총탄을 몸을 날려서 대신 맞으며 그를 살렸기에 태청의 가슴을 더욱 갈가리 찢어발겼다.

태청은 마족 특전대원들을 상대하느라 정신이 없어서 뒤에서의 충격을 알아채지 못했었다.

더 원통한 일은, 태광이 피를 흘리면서 쓰러졌는데도 태청은 적들을 상대하면서 몸을 피하느라 미처 그에게 달려가 볼 겨를이 없었다.

태광이 그를 살렸거늘, 총탄이 소나기처럼 쏟아진다고 해도 그에게 달려가 봤어야만 했다.

그런 후회가 지금 태청을 숨도 쉬지 못할 만큼 괴롭히고 있었다.

강도는 병력의 선두 쪽을 체크하고 몸을 돌려 뒤쪽으로 전진해 나가며 마족 특전대원들을 제거했다.

지금까지 그가 죽인 마족 특전대원은 40여 명이다.

병력의 선두 쪽으로 갈 때는 왼쪽으로, 그리고 후미로 갈 때는 오른쪽을 선택했다.

특전대원들에게는 적이 강도 한 명뿐이기 때문에 전원 그에게 몰려들어 집중 공격을 퍼부었다.

투타타타타탕—

어둠에 잠긴 한강 인도교에 기관단총 소리가 난무했다.

그렇지만 호신막에 둘러싸인 강도는 비 오듯이 퍼붓는 총탄 세례 속을 유유히 뚫으면서 전진하며 차근차근 마족 특전대원들을 죽여 나갔다.

마족 특전대원들은 거의 대부분 마족 8위 귀부였다.

그런데 강도가 보니까 그들이 귀부의 특성을 발휘하는 것이 아니라 특전사에서 배운 훈련 요령대로 움직이고 있었다.

그렇다면 마족들은 꽤 오랜 세월 동안 특전사를 장악한 상태였다는 뜻이다.

앞으로 미끄러지듯이 전진하던 강도의 몸이 멈칫했다.

트럭 옆에 쓰러져 있는 사람이 보였다.

특전대원 복장이 아닌 무전사 복장이라서 그를 발견한 순간 강도는 울컥했다.

빠르게 달려가서 살펴보니 무전사가 맞는데 이미 숨이 끊어진 상태라서 강도의 얼굴이 보기 싫게 일그러졌다.

쓰러져 있는 무전사는 목에 총을 맞았는데 목의 절반이 뜯어지듯이 날아간 처참한 모습이다.

강도는 자신이 작전을 하기 위해서 데리고 온 무전사의 주검을 보면서 내장을 도려내는 듯한 아픔을 느꼈다.

무전사의 시체를 지나쳐서 10m쯤 갔을 때 도로와 인도 사이에 허리가 걸쳐져서 밤하늘을 올려다보며 죽은 또 한 명의 무전사를 발견했다.

"개놈의 새끼들……."

강도의 머리로 피가 확 몰렸다.

무공은 신의 경지에 이르렀는데 성격은 여전히 20대라서 이런 상황이 되면 눈에 보이는 게 없어진다.

그럴 리는 없겠지만, 만약 강도가 나중에 신의 반열에 오를 수 있는 기회가 생긴다면 아마도 발끈하는 지랄 같은 성격 때문에 실패하게 될 게 분명하다.

지잉…….

나직한 울림과 함께 강도의 오른손에 피처럼 시뻘겋고 커다란 도가 전송되어 잡혔다.

상대를 형체도 없이 짓이긴다는 절대신군의 신병 파멸도다.

페헤르에게서 받은 이거자그가 있지만 그걸 사용해서 곱게 죽이는 것은 성에 차지 않는다.

마족 특전대원, 아니, 귀부들은 마족으로서의 실력이 미천하기 때문에 강도 근처에 얼씬도 하지 못하고 멀찍이 숨어서 무차별 총을 쏴댔다.

심지어 유탄발사기와 수류탄을 터뜨리기도 했지만 강도의 머리카락 한 올도 건드리지 못했다.

스읏―

앞으로 전진하던 강도가 슬쩍 허공으로 솟구쳤다.

눈을 한 차례 깜빡거리자 트럭 뒤에 숨어서 총을 쏴대거나 다리 아치 뒤에 숨은 귀부들 모습이 한눈에 들어왔다.

트럭과 아치 따위를 투과해서 보는 것이다.

부우욱!

허공에서 한 차례 포물선을 그으며 파멸도가 휘둘러지자 핏빛의 시뻘건 빛살이 폭발하듯이 뿜어졌다.

후우웅―

처음에 한 줄기였던 핏빛 줄기는 2개… 4개… 도합 8개로 갈라져서 여덟 방향으로 쏘아갔다.

그러고는 곡선을 그리며 엄폐물 뒤에 숨어 있는 귀부들을 강타했다.

퍼퍼퍼퍼퍽!

여기저기에서 몽둥이로 젖은 이불을 두들기는 소리가 한꺼번에 터졌다.

강도는 밤하늘에서 이리저리 번뜩이면서 쥐새끼들을 잡듯이 귀부들을 때려잡았다.

파멸도에 적중당한 귀부들은 마치 수류탄을 삼킨 것처럼 폭발해서 찢어진 몸뚱이에 겨우 팔다리만 붙어 너덜거렸다.

강도는 태청 팀에게 전음을 보냈다.

[선두에서부터 훑으면서 오되 동료들 시신을 수습해라.]

태청 팀을 그대로 쉬게 놔두면 안 된다.

다른 질풍대원들과 무전사들은 다 목숨을 내걸고 싸우고 있는데 태청 팀만 열외는 곤란하다.

태청 팀에서 사상자가 났다고 해서 사정을 봐주거나 열외를 시키는 것은 형평성에 어긋난다.

이럴 때일수록 더 전투로 내몰아야 한다.

치열한 경험이 실력 있는 전사를 만드는 법이다.

강도는 마족이 아니면서도 차량 뒤에 숨어서 자신에게 총격을 가하고 있는 특전대원을 발견했다.

그들 인간 특전대원들은 지금껏 자신들과 한솥밥을 먹고 같은 내무반에서 동고동락했던 동료들이 현 세계 인간이 아닌 마족일 거라고는 꿈에도 모르고 있었다.

그래서 동료들을 무차별 죽이고 있는 강도 등에게 분노와 원한의 총탄을 퍼붓고 있다.

슈웃!

강도는 자신에게 기관단총을 갈겨대고 있는 2명의 특전대원을 향해 곧장 쏘아갔다.

파파파곽—

특전대원들이 쏜 총탄이 강도의 호신막에 부딪쳐서 사방으로 퉁겨졌다.

그들은 강도가 무수한 총격을 정면으로 받으면서도 끄떡없이 그리고 빛처럼 빠르게 자신들을 향해 쏘아오는 걸 보고 기가 질려 버렸다.

그래도 그들은 특전대원답게 뒤로 물러서지 않고 그 자리에 버티고 서서 총열이 뜨겁게 달아오르도록 쏘아댔다.

투타타타탕—

강도는 그들 2m 앞에 멈췄다.

"우웃……."

"앗!"

그러고는 강도의 손이 닿지도 않았는데 그들의 몸이 쑥 하고 강도에게 끌려왔다.

강도가 다시 허공으로 불쑥 솟구치자 그들은 마치 끈으로 연결된 것처럼 강도의 몸 양옆에 붙어서 같이 허공으로 치솟았다.

강도는 근처에서 사격을 해대고 있는 2명의 귀부를 향해 빛처럼 내리꽂혔다.

쉬이이—

"우아앗!"

2명의 인간 특전대원은 동료들이 빗발처럼 총을 쏴대는 방향을 향해 강도가 정면으로 돌진해서 내리꽂히자 다급한 비명을 질러댔다.

그렇지만 귀부들이 쏴대는 총탄은 강도의 몸 앞 1m에서 모조리 퉁겨졌다.

강도가 들이닥치니까 귀부들은 인간 특전대원하고는 달리 다급하게 몸을 돌려 도망쳤다.

강도는 파멸도를 슬쩍 흔들었다.

스악…….

파멸도에서 얄팍한 도강이 발출되어 도망치는 귀부 2명의 목을 잘랐다.

투툭…….

2명의 귀부는 머리와 몸뚱이가 분리되어 따로 바닥에 쓰러졌다.

내려선 강도는 바닥에 떨어져서 옆으로 놓여 있는 귀부의 머리통을 발로 건드려서 똑바로 했다.

특전사 모자가 벗겨진 귀부의 모습이 드러났다.

부릅뜬 눈에는 눈동자가 없으며, 눈 전체가 새카맣고 정수리에 앞으로 숙여진 한 뼘 길이의 안테나 같은 촉각이 있고 반쯤 벌어진 입안에는 피라냐 같은 날카로운 이빨이 듬성듬성 솟아 있다.

"어……."

2명의 인간 특전대원은 귀부 모습을 보고 놀라는 표정으로 눈을 껌뻑거렸다.

"너희가 동료라고 착각했던 마족의 실체다. 살아 있을 때는 인간 모습이지만 죽으면 이런 모습이 된다. 이놈은 마족 8위 귀부라고 한다."

첫 번째 귀부 머리통에서 약간 떨어진 곳에 있는 또 다른 귀부의 머리가 똑바로 세워졌다.

슥—

"저놈도 마찬가지 마족 귀부다."

2명의 특전대원은 놀라는 얼굴로 강도를 쳐다보았다.

"어… 떻게 된 겁니까?"

강도는 차분하게 설명했다.

"마족이라는 종족이 대한민국 군대를 장악했다. 특전사도 마찬가지다. 현재 쿠데타를 일으켰으며 나를 비롯한 동료들이 진압중이다."

"아……."

2명의 특전대원은 경악했다.

"우린 북한 무장 특공 세력이 청와대를 장악했다고 해서 그걸 진압하러 가는 줄 알았습니다."

강도는 아까 도봉 쪽에서 5사단 소대장들에게 자신의 심기를 심어주었던 것을 생각해 내고 이들에게도 같은 방법을 사용했다.

2명의 특전대원은 몸을 부르르 떨더니 놀란 얼굴로 강도를 쳐다보았다.

"어… 떻게 한 겁니까?"

"내 생각을 너희에게 전해주었다."

"아……."

어떻게 그럴 수 있느냐고 물으려던 특전대원들은 그냥 입을 다물었다.

그들 눈앞에 우뚝 서 있는 이 사람은 마치 책이나 영화에서만 봤던 그리스 신화의 아폴론 같은 신의 모습이고 또한 헤라클레스 같은 대영웅의 모습에 다름 아니다.

그에게 물을 것과 궁금한 것이 한두 개가 아닌데 굳이 당신 생각을 어떻게 우리에게 전했느냐고 물어서 무슨 소용이 있겠는가.

강도는 이들에게 투반경을 씌워주면 좋겠다는 생각이 들었지만 지금은 여분이 없다.

또한 인간 특전대원들을 만날 때마다 그들에게 투반경을 내줄 수는 없는 상황이다.

이 상황에서 강도는 또 하나의 새로운 것을 시도해 보기로 했다.

강도 자신은 투반경을 쓰지 않고도 마족과 요족을 구별하는 능력이 있다.

그 능력을 이들에게 나누어주려는 것이다.

성공할지 어떨지는 모르지만 한번 시도해 보는 것도 나쁘지 않다.

강도는 손으로 두 특전대원의 눈을 쓰다듬으면서 마족, 요족을 볼 수 있는 기운을 일으켰다.

결과는 성공이다.

강도가 두 특전대원을 귀부가 있는 곳으로 데려갔더니 동료가 아닌 마족 귀부로 정확하게 식별했다.

강도는 특전대원에게 알려주었다.

"마족은 총으로 죽지 않는다. 먼저 총을 쏴서 쓰러뜨린 다음에 대검으로 목을 완전히 자르도록. 그럼 죽는다."

"알겠습니다."

이후 강도는 노량진 방향으로 가면서 마족을 만나면 죽이고 특전대원을 만나면 자신의 심기와 마족을 식별할 수 있는 기운을 전해주었다.

빠르게 질주하던 강도는 희미한 신음 소리를 들었다.

걸음을 멈추고 신음 소리의 진원지를 찾아보았다.

그곳은 트럭 아래인데 한 사람이 피투성이 모습으로 쓰러져 있었다.

그런데 그는 뜻밖에도 현천자 구인겸의 대제자인 태광이다.

"너는 태광이로군."

"으으……."

태광은 트럭 밑바닥을 보고 누워서 꼼짝도 하지 못하며 눈동자만을 굴려 강도를 발견하고 희미하게 반가운 기색을 떠올렸다.

스으으…….

강도가 슬쩍 손짓을 하자 태광이 트럭 밑에서 바깥으로 미끄러지듯이 빠져나왔다.

강도가 살펴보니까 태광의 옆머리에 총탄이 한 발, 어깨와 가슴, 옆구리, 허벅지에 각각 한 발씩 무려 5발이나 맞아서 피를 철철 흘리고 있다.

그로서는 처음에 총탄을 5발 맞았을 때 숨이 끊어지는 편이 훨씬 덜 고통스러웠을 것이다.

총탄이 옆머리에 제대로 맞았다면 그 한 발로 즉사했을 텐데 비껴서 맞은 탓에 옆머리가 뜯겨 나가 고통이 극에 달했을 것이다.

태광은 금방 죽지도 않은 채 트럭 아래에 누워서 서서히 엄습하는 죽음의 그림자와 힘겨운 싸움을 벌이고 있었다.

태광은 가쁜 숨을 헐떡거리면서 얼굴에 희미한 한 줄기 미소를 떠올렸다.

"하아악… 하아… 신군을 뵙게 되어… 여… 영광입니다……."

그가 말을 하자 입에서 선지 같은 검붉은 핏물이 꾸역꾸역 솟구쳐 나왔다.

"말하지 마라."

"학학학… 주… 주군으로… 모시고… 싶… 었습니다."

강도는 어이없는 표정을 지었다.

"말을 안 듣는 놈이로구나."

태광은 쿨럭거리며 웃었다.

"크윽… 큭… 마지막 순간에… 시… 신군을 뵈었는데… 이런 행운이… 어… 디에 있겠습… 니까……"

"죽긴 누가 죽느냐?"

"……"

강도는 손을 뻗어 피범벅인 태광의 옆머리를 덮고 부드러운 진기를 주입했다.

"살아서 내 수하가 돼라."

"예……?"

강도로선 이것도 처음 시도해 본다.

그는 의술에 통달했지만 다 죽어가는 사람을 살리는 신통한 재주는 갖고 있지 않았었다.

그렇지만 요즘 생전 처음 시도해 보는 것들이 기분 좋게 성공하고 있으므로 사람을 살리는 것도 성공하지 않을까 생각했다.

요족의 정혈낭 외카다무 455개를 복용해서 자신의 것으로 만들었기 때문이 아니다.

어쩌면 요즘 터득한 몇 가지 새로운 능력들은 예전에도 갖고 있었는지 모른다.

다만 그것들을 시도해 보지 않았었고 이제 외카다무 455개를 복용한 차제에 새로운 것들에 도전해 보고 있는 것이다.

태광은 눈을 껌뻑거리면서 강도를 바라보았다.

"쿨럭… 컥… 저를 살리신다면… 신군께선 신이십니다……"

강도는 미간을 좁혔다.

"너 말 되게 많구나."

"허허… 쿨럭… 신군을 뵈오니… 말이 많아집니다……"

강도는 태청을 전송으로 불렀다.

스으…….

"주군, 부르셨… 앗!"

태청은 강도에게 예를 취하려다가 바닥에 누워 있는 태광을 발견하곤 크게 놀랐다.

태광은 피범벅의 모습으로 차렷 자세를 취한 채 눈을 감고 반듯하게 누워 있었다.

"사형!"

태청은 착잡한 심정으로 태광을 보며 부르짖었다.

그는 태광이 이미 죽었으며 강도가 시체를 찾아낸 것이라고 생각했다.

태청은 태광 옆에 무릎을 꿇고 그를 부둥켜안으며 왈칵 눈물을 쏟았다.

"끄흐흑……! 사형… 나를 살리려다가……"

"으윽… 청제……"

그런데 태광이 갑자기 눈을 뜨면서 신음을 터뜨렸다.

"우왓!"

"아… 프다… 살살해라……."

"사형… 죽지 않았습니까?"

태청은 혼비백산해서 태광을 내려놓았다.

태광은 피투성이 얼굴로 강도를 바라보았다.

"신군께서 나를 살려주셨어."

"아아……."

태청은 감격으로 몸을 떨었다.

"태청, 태광을 안전한 곳으로 옮겨라."

태청이 감사의 인사를 드리려고 했을 때 강도는 이미 그 자리에서 사라졌으며 목소리만 남았다.

태광은 피투성이 얼굴에 환한 표정을 떠올렸다.

"청제, 신군께서 나를 수하로 받아주셨다."

"정말입니까?"

"그래. 질풍대 부대장으로 임명하셨어."

태청은 깜짝 놀랐다.

"사형이 대장을 하십시오. 제가 부대장을 하겠습니다."

태광은 아까 강도가 치료하기 전보다 훨씬 좋아진 눈빛으로 고집스럽게 말했다.

"질풍대장은 이미 정했다고 신군께서 나더러 부대장을 맡으라고 하셨다."

"그렇지만……."

"신군을 거역하고 싶지 않아."

태광은 단호했다.

"그리고 나는 신군을 곁에서 모실 수 있다는 사실만으로도 기뻐서 죽을 것 같다는 말이야."

쿠데타는 진압됐다.

마족은 거의 제거됐다.

'거의'라고 한 것은 소수의 마족이 도망쳤기 때문이다.

어쨌든 쿠데타는 완벽하다고 해도 좋을 만큼 깨끗하게 진압됐으며 동서남북에서 서울로 입성하려던 부대들은 자대로 복귀했다.

정부와 군 수뇌부는 쿠데타에 가담했던 부대에 대해서 일체의 책임을 묻지 않기로 했다.

쿠데타에 가담했던 부대들은 중대장 이상이 100%, 소대장은 70%가 마족이었기 때문에 병사들로서는 어쩔 수가 없었다.

동이 터오고 있을 때 강도는 청와대에 있었다.

강의실처럼 생긴 대회의실에는 강도를 비롯한 질풍대와 도맹 무전사들까지 꽉 들어차 있다.

쿠데타를 진압하는 과정에서 질풍대원들은 무사했지만 무

전사 5명이 사망했다.

강도는 대회의실 앞쪽 단상 가운데 서 있고 조금 떨어진 곳에 태청 한 사람만 서 있으며 전체 인원은 강도 앞쪽에 빼곡하게 자리를 좁혀서 앉아 있다.

강도는 전사들을 한 차례 둘러보고 나서 착 가라앉은 목소리로 말문을 열었다.

"모두 애썼다."

절대신군의 치하에 전사들은 울컥! 하고 감격했다.

이들 중에 무림에서 절대신군을 먼발치에서나마 직접 한 번이라도 봤던 사람은 5%에 불과하다.

강도의 다음 말이 모두의 심장을 뒤흔들었다.

"너희들을 모두 질풍대로 편제하겠다."

"아아……."

기쁨에 찬 탄성이 실내를 가득 메웠다.

"여의치 않은 자는 빠져도 상관없다."

실내에서 숨소리조차 들리지 않았다.

제23장
신의 대리인

　질풍대는 원래 16명에서 133명이 더해져서 총 149명이 되었다.

　도맹 부맹주 현천자 구인겸은 질풍대를 구성하기 위해 무전사 133명을 아무 조건 없이 강도에게 내주었다.

　질풍대원 149명을 30명씩 5개 팀으로 나누었다.

　질풍대장 태청.

　부대장 태광.

　제1팀장 태청.

　제2팀장 태광.

제3팀장 공명.

제4팀장 남궁연.

제5팀장 자미룡.

제5팀은 29명이다.

강도는 제3팀을 청와대 경호를 위해서 남겨두었고 다른 4개 팀은 한남동 저택으로 보내서 대기하라고 명령했다.

강도와 구인겸은 대통령 가족과 함께 아침 식사를 했다.

혜원과 혜수는 언제나처럼 강도 양옆에 앉아 있었다.

강도와 구인겸, 대통령은 진지한 대화를 하고 있어서 혜원과 혜수는 강도와 한마디도 나눌 기회가 없지만 그래도 옆에 앉아 있는 게 좋은지 행복한 표정이다.

난생처음 외간 남자에게 알몸을 보이고 그뿐만 아니라 온몸을 그에게 내맡긴 여자로서는 둘 중에 하나의 감정을 품게 된다.

수치심으로 인한 원한과 첫 남자에 대한 사모하는 마음이 그것인데 혜원과 혜수는 후자 쪽이다.

더구나 그녀들은 강도만 바라보고 있으면 그리고 그의 곁에 있기만 해도 기쁨과 행복이 주체할 수 없을 정도로 마구 샘솟는 것을 느꼈다.

마치 강도에게서 행복의 기운이 마구 쏟아져 나와서 거기에 감염되는 것 같은 느낌이었다.

그래서 강도와 정식으로 연인 사이거나 부부가 아니면서도 혜원과 혜수는 마음 깊은 곳에서 그를 남편이나 연인으로 여기고 있었다.

대통령의 얘기를 들으면서 식사를 하고 있는 강도에게 와노의 말이 전해졌다.

―주군, 돌아왔습니다.

강도가 질풍대, 무전사들을 이끌고 쿠데타를 진압하는 동안 와노와 음브웨는 강도가 내린 명령을 수행했다.

즉, 쿠데타 때문에 청와대에 달려왔던 국무위원들 중에서 3명의 요족을 감시, 미행하는 일이다.

와노는 감시, 미행해야 할 요족이 3명이었기 때문에 손이 부족해서 한아람과 염정환을 불러 요족 한 명을 맡겼다.

강도는 묵묵히 식사를 하면서 청와대 휴게실에 모여 있는 와노와 음브웨, 한아람, 염정환의 생각을 읽었다.

멀리 떨어져 있는 사람의 생각을 읽는 것 역시 처음 시도하는 것인데 한 번에 성공했다.

보이지 않는 거리에서 전음을 전할 수 있다면 생각을 읽는 것도 가능할 거라는 게 강도의 믿음이었다.

"사람들을 내보내십시오."

강도가 조용히 말하자 대통령은 식사를 거들고 있는 주방 사람들을 내보냈다.

대통령 내외는 강도가 무슨 말을 하려는지 몹시 긴장된 표정을 지었다.

강도는 젓가락을 내려놓고 모두의 시선을 받으면서 나직하게 말문을 열었다.

"어젯밤 국무회의 때 요족이 3명 있었습니다."

대통령 내외는 크게 놀랐다.

"그렇습니까?"

영부인이 초조한 얼굴로 물었다.

"요족이라는 건 어떤 건가요?"

"부인, 요족이라는 것은……."

구인겸이 대신 설명해 주었다.

설명을 듣고 난 영부인은 크게 놀랐다.

"마족이나 요족 같은 것들이 무엇 때문에 생겨났나요?"

"그건 모르겠습니다."

강도가 설명을 계속했다.

"안전행정부, 농림축산부, 보건복지부 장관이 요족입니다."

"음, 그들이……."

대통령은 크게 놀라며 신음 소리를 냈다.

"그 3개 부 내에 요족들이 구석구석 심어져 있다는 보고를 받았습니다."

대통령 얼굴이 긴장으로 물들었다.

"어느 정도입니까?"

"과장급까지인데 더러 계장급도 있다고 합니다."

"요족이라는 것도 마족처럼 경찰력으로서는 체포하기 어렵겠지요?"

"그렇습니다."

"강도 씨가 수고 좀 해주겠습니까?"

"알겠습니다만……."

강도는 정중하게 요구했다.

"일을 처리하다 보면 법적으로나 경찰 때문에 더러 제약을 받는 경우가 있습니다."

대통령은 고개를 끄떡였다.

"그렇지 않아도 그럴 것 같아서 내가 미리 생각해 둔 것이 있습니다."

대통령은 비서실장을 불렀다.

"그거 주세요."

대통령의 말에 비서실장이 조그만 금장 박스 하나를 두 손으로 내밀었다.

대통령은 그것을 받아 역시 두 손으로 강도에게 주었다.

"이것이 강도 씨에게 도움이 될 겁니다. 열어보세요."

강도가 금장 박스를 여니까 신분증 같은 것이 하나 들어 있었다.

신분증 역시 금색인데 홀로그램 느낌이 나는 강도의 사진이 있으며 그 아래 뚜렷한 다섯 글자가 적혀 있었다.

초법집행관

강도가 의아한 얼굴로 쳐다보자 비서실장이 설명했다.

"이강도 씨에게는 대한민국의 모든 법을 초월하며 어떤 상황에서도 어떠한 종류의 집행이라도 할 수 있는 무소불위의 권한이 주어진 것입니다."

"그런 게 가능합니까?"

"이미 초법집행관에 대한 내용을 전 검찰과 경찰, 군부 등 정부 각 부처에 지시를 해두었기 때문에 지금부터라도 이강도 씨께서 행동하시는 데 지장이 없을 것입니다."

"제 수하가 149명 있습니다. 그들도 같은 일을 합니다."

강도의 말에 대통령이 비서실장에게 지시했다.

"149개의 라이센스를 더 만드세요."

"알겠습니다."

대통령은 강도에게 진지하게 물어보았다.

"더 필요한 게 있습니까?"

강도는 잠시 생각했다가 대답했다.

"현재로선 없습니다."

"이강도 씨, 장관 중 3명씩이나 요족이라면 정부 부처 전체를 찾아보면 더 많이 있지 않겠습니까?"

"그럴 겁니다."

대통령이 안타까운 표정을 짓는 걸 보면서 강도가 말했다.

"우선 3개 부처를 소탕한 후에 정부 부처 전체를 색출하겠습니다."

"그래주시겠습니까?"

강도는 엷은 미소를 지었다.

"당연히 그래야지요."

"하아……."

대통령은 안도의 한숨을 길게 내쉬었다.

"일단 안심이 됩니다만 착잡합니다."

강도는 말없이 대통령을 응시하며 다음 말을 기다렸다.

"마계와 요계가 이 나라를 장악하겠다고 날뛰는 원인조차 모르는 데다 공권력으로는 도저히 무찌르지 못하는 종족이다 보니까 어찌해야 할런지 난감합니다."

그뿐만이 아니다.

마계와 요계가 얼마나 거대한 세력을 구축하고 있는지 대통령이 알게 된다면 기절초풍하고 말 것이다.

그렇지만 일부러 알려줄 필요는 없다.

경찰이나 군대가 전혀 도움이 되지 못하고 순전히 강도와 삼맹의 전사들이 마계와 요계를 쳐부숴야 하는 상황이므로 대통령이 그런 사실을 알아봐야 별 도움이 되지 못한다.

"이강도 씨는 대체 누굽니까?"

문득 대통령이 원론적인 질문을 했다.

"저는……."

강도는 말문이 막혔다.

얼마 전까지만 해도 누가 그의 신분을 물으면 늘 해주던 대답이 있었다.

이름 이강도.

나이 24세.

2016년 9월 22일 육군 병장 만기 제대.

한국대학교 호텔경영학과 3학년 휴학 등의 이력이다.

하지만 대통령이 지금 묻고 있는 건 그게 아니다.

강도가 대체 어떤 존재이기에 구세주처럼 나타나서 마계와 요계로부터 이 나라를 구해주고 있느냐는 것이다.

대통령만이 아니라 영부인과 혜원, 혜수도 잔뜩 긴장한 표정으로 강도를 주시했다.

"이강도 씨는 대체 누구기에 그처럼 엄청난 능력으로 대한민국을 구해주고 있는 겁니까?"

강도는 대답 없이 그저 담담한 표정만 지을 뿐이다.

뭐라고 해줄 말이 없다.

"이분은……."

그런데 구인겸이 불쑥 입을 열었다.

모두의 시선이 구인겸에게 쏠렸다.

"절대자이십니다."

대통령과 가족들은 어설픈 표정으로 강도를 쳐다보았다.

그들은 강도가 절대자라는 구인겸의 말을 믿지 않았다.

그럴 리가 없기 때문이다.

구인겸이 그저 딱딱한 분위기를 누그러뜨리려고 농담을 했
을 거라고 생각했다.

이쯤에서 강도나 구인겸이 미소를 짓거나 웃으면서 농담이
었다고 말하면 분위기는 다소 풀어지고 구인겸의 말은 정말
농담이 될 것이다.

그런데 강도는 갑자기 딱딱한 표정을 짓고, 구인겸은 찔끔
해서 강도에게 살짝 고개를 숙이고 있다.

마치 용서해 달라는 듯한 제스처다.

"죄송합니다, 주군."

아침 식사를 끝내고 밖으로 나와서 구인겸이 강도에게 멋
쩍게 웃으며 말했다.

"만날 장소가 어딘가?"

그런데 강도는 밑도 끝도 없이 불쑥 물었다.

구인겸은 빠르게 머리를 굴렸다.

"아… 청평입니다."

오늘 오전 10시에 수노가 삼맹의 부맹주들을 모이라고 소환했는데 강도는 그걸 말한 것이다.

강도는 시계를 보려고 손목을 들다가 그냥 내렸다.

시간이 궁금하다고 생각하는 순간 지금이 몇 시인지 그냥 알게 됐기 때문이다.

지금 시간은 8시 35분이다.

수노가 10시에 부맹주들을 소집했다는데 지금 가면 너무 이르다.

"현천."

강도가 뜰로 나오며 부르자 구인겸은 즉시 바싹 뒤따랐다.

"말씀하십시오."

"질풍대 전원에게 트랜스폰을 줄 수 있나?"

"아마 가능할 겁니다."

트랜스폰은 대양전자에서 비밀리에 만들고 있다.

두 사람은 뜰을 거닐었다.

원래 청와대에 있던 경호원들은 청와대에 한 명도 보이지 않았다.

어젯밤 경호실장과 꽤 많은 경호원이 마족으로 밝혀져서 강도에게 죽은 후에 경호원들을 한 명도 남기지 않고 모두 내보냈다.

그리고 그 자리를 질풍대 제3팀으로 채웠다.

강도는 저 멀리에서 자신을 향해 공손히 허리를 굽히며 예를 취하는 제3팀 질풍대원을 발견했다.

[공명을 오라고 해라.]

전음을 들은 질풍대원은 쏜살같이 본관 건물로 달려갔다.

구인겸이 조용한 목소리로 읊조렸다.

"주군 계좌에 돈을 좀 넣었습니다."

"또 무슨 돈인가?"

"정제순혈을 조금 팔았습니다."

"그래?"

강도는 지난번 요계에게서 뺏은 정제순혈을 만드는 기계장치와 요족 의사들을 구인겸에게 맡겼었다.

"정제순혈 약병 하나가 30㎎인데 하루에 50개 정도 만들어 내고 있습니다."

강도는 듣기만 했다.

"원래 정혈의 국제 가격이 1㏄당 1억이었는데 요즘에는 5억으로 올랐습니다. 그런데 이건 정혈하고는 비교도 할 수 없는 정제순혈 아닙니까?"

장사꾼 구인겸의 서론이 장황했지만 강도는 뭐라고 하지 않았다.

강도가 말 많은 걸 싫어하는 성격인 줄 아는 구인겸은 본론을 얘기했다.

"정제순혈 1㎎에 100억입니다. 그거 2㎎이면 다 죽어가는 말기 암환자도 살려낼 수 있으니까 사실 부르는 게 값이지만 우린 장사가 목적이 아니잖습니까?"

구인겸은 강도가 피식 실소하는 것을 보고는 얼굴이 조금 뜨거워졌다.

구인겸이 도맹 부맹주든 대양그룹 회장이든 뭐든 간에 원래 뼛속까지 장사꾼이다.

그런 그가 정제순혈로 장사를 하고 있으면서도 장사를 하는 게 목적이 아니라고 말하니까 강도가 실소한 것이다.

"정말로 꼭 필요한 미국의 암 전문 병원에 3천억을 받고 한 병 팔았습니다. 그렇다고 그걸 공짜로 줄 순 없잖습니까?"

그건 구인겸 말이 맞다.

정혈보다 효과가 백 배 이상 월등한 정제순혈을 공짜로 받았다는 소문이 나면 전 세계 사람들이 구인겸에게 벌 떼처럼 몰려들 것이다.

"그래서 주군 계좌에 3천억 넣었습니다만……."

구인겸은 내친김에 할 말을 했다.

"전 세계에서 마계와 요계가 들쑤시고 있지만 아직 정제순혈을 만들어내지는 못했습니다. 그러니까 우리가 만들어내는 정제순혈이 유일한 겁니다."

"장사를 하겠다는 건가?"

"정제순혈을 만들어내서 쌓아두기만 하면 뭐합니까?"

74세의 구인겸은 24세의 강도에게 어린아이처럼 칭얼거리며 졸라댔다.

"대양병원에서 쓰도록 하게."

"그러고도 남습니다."

"무료 자선 의료 단체를 만들게."

"……."

"우리나라에서 돈 없어서 병원에도 가보지 못하고 병으로 고생하는 사람들을 최우선으로 고쳐주게. 대양병원이 앞장서면 되겠군."

구인겸은 걸음을 멈추고 놀란 얼굴로 강도의 뒷모습을 망연히 바라보았다.

'과연……'

구인겸은 한없이 존경 어린 표정으로 강도를 바라보다가 번쩍 정신을 차리고 그를 뒤쫓았다.

"그러고도 남습니다."

그는 어떻게 해서든지 강도에게 자금을 마련해 주고 싶었다.

절대자가 능력으로 할 일이 있고 또 돈으로 할 일이 있다고 믿는 게 장사꾼의 생각이라고 한다면 어쩔 수 없다.

하지만 그는 강도에게 돈이 그것도 막대한 자금이 반드시 필요할 거라고 생각했다.

그렇다고 대양그룹의 돈을 거저 준다고 하면 강도는 절대로 받지 않을 것이다.

그런데 다음에 나온 강도의 대답이 구인겸의 그런 생각을 여지없이 박살 냈다.

"전 세계에서 죽어가는 어린아이들을 살리게."

"……."

"그래도 정제순혈이 남으면 그 다음에는 어른들을 살리도록 하게."

구인겸은 정말 할 말을 잃었다.

그는 뼛속까지 장사꾼이지만, 강도는 골수까지 성인군자다.

강도는 청와대에 있는 질풍대 제3팀 전원에게 생사현관을 소통하고 일신결계를 쳐주기로 했다.

제3팀은 대통령과 청와대를 경호해야 하기 때문에 10명씩 방으로 불러들였다.

이번에 강도는 또 새로운 시도를 해볼 생각이다.

그는 자신이 점점 더 새로운 시도를 해서 성공하는 것에 대해서 놀라지 않았다.

마치 은행에 저축해 놓은 돈을 까맣게 잊고 있다가 문득 생각이 나서 조금씩 찾아내 쓰고 있는 것처럼 아주 자연스러웠다.

강도는 자신이 원래 이런 능력들을 갖고 있었다고 믿었기에 전혀 새삼스러울 게 없었다.

강도는 침대에 겉옷만 벗고 반듯하게 누워 있는 청년을 응시했다.

"이름이 뭐냐?"

"고재민입니다!"

청년은 바짝 긴장하여 자신도 모르게 버럭 소리쳤다.

"조용히 말해라."

"죄송합니다."

침대 옆에 놓인 의자에 앉은 강도는 고재민을 바라보며 진기를 발출했다.

"눈을 감고 심신을 편하게 두어라."

"알겠습니다."

강도는 상대의 옷을 벗기지도 않을뿐더러 또한 몸에 손을 대지 않고서 생사현관의 소통과 일신결계 치는 것을 시도하려는 것이다.

새로 질풍대원이 된 전사들을 옷을 벗기고 일일이 두 손으로 주물러서 생사현관 소통과 일신결계를 치는 것이 귀찮기 때문이 아니다.

단지 새로운 것에 대한 도전일 뿐이다.

강도는 손을 움직이지도 않았다.

이번에는 순전히 정신력만으로 해보고 싶었다.

지난번 벽운에게 시도했을 때에는 실패했었다.

옷을 입고 있는 그녀의 옷이 마구 찢어졌으며 고통스러워서 몸부림쳤었다.

그때 강도는 벽운에게 약간의 거리를 두고 두 손을 움직이며 여러 줄기의 지풍을 발출했었다.

그러나 지금은 손도 까딱하지 않은 채 진기와 정신으로만 행하고 있다.

"으음……."

누워 있는 고재민이 나직한 신음 소리를 냈다.

아프거나 고통스러워서가 아니라 온몸이 매우 포근하고 감미롭기 때문이다.

세상에 이보다 더 편안한 것은 없을 것 같았다.

고재민은 지금 28살이지만 이날까지 살아오면서 지금처럼 편안하고 행복한 기분을 느꼈던 적이 한 번도 없었다.

불교에서 니르바나라고 하는 열반이나 해탈의 경지에 들어서면 이러지 않을까 하는 생각마저 들었다.

척!

강도는 1시간 만에 28명을 성공하고 29명째 질풍대원이 방으로 들어왔다.

질풍대 제3팀장 공명은 일전에 한남동 저택에서 생사현관 소통과 일신결계를 쳐주었으므로 29명만 해주면 끝이다.

29명째 질풍대원은 여자다.

그런데 그녀는 방 안에 들어서서 등 뒤로 문을 닫고 갑자기 그 자리에 납작하게 부복했다.

"유선(柳鮮)이 신군님을 뵈옵니다."

"뭐?"

의자에 앉아 있던 강도는 깜짝 놀라 일어섰다.

"네가 정말 유선이냐?"

스으…….

부복했던 여자 유선은 저절로 일으켜져서 강도 앞으로 스르르 끌려와 선 자세가 되었다.

"신군님……."

"정말 유선이로구나."

절대신군에게는 4명의 최측근 심복 수하가 있었는데 바로 사대천왕이다.

무림의 낙양 신군성 안에는 사대천왕이 우두머리로 있는

사천왕단(四天王團)이 있으며 그중 하나가 주작단이다.

주작단의 주된 임무는 절대신군과 부인 신후를 최측근에서 그림자처럼 호위하고 보필하며 의식주 모든 것들을 수발하는 일이다.

그러한 주작단에는 3개의 궁이 있으며, 백란궁(白蘭宮), 청죽궁(靑竹宮), 한매궁이 그것이다.

주작단 최상위인 백란궁에는 일류급 이상의 여고수가 100명 있으며 그녀들의 임무는 절대신군과 신후를 최측근에서 그림자처럼 호위하는 일이다.

여기에 있는 유선은 백란궁 궁주였다.

말하자면 주작단 최고 우두머리인 단주 주봉 다음으로 2인자였다.

어떤 점에서는 사대천왕보다도 제2인자들이 강도와 신후하고 더 가까웠었다.

그중에서도 유선은 강도에게 이성을 초월하여 죽마고우와도 같은 존재였다.

강도는 만면에 환한 미소를 지으며 유선의 어깨에 손을 얹었다.

"반갑다, 선아."

"신군님……."

사내보다 더 강인하면서도 한 번 마음을 연 사람에게는 한

없이 여리고 다정다감한 유선은 강도를 바라보면서 커다란 두 눈에 눈물이 가득 고였다.

"이 녀석."

강도는 유선을 끌어당겨 가볍게 품에 안았다.

"아… 신군님……."

유선은 강도에게 안겨서 그의 가슴을 눈물로 적셨다.

강도와 유선은 32살 동갑내기였다.

강도가 소유빈과 결혼하기 전부터 유선은 그를 최측근에서 호위했었기 때문에 때로는 강도의 술친구이기도 했으며 말벗이 돼주기도 했었다.

그리고 강도가 소유빈과 결혼한 이후에도 유선은 줄곧 두 사람 곁을 지켰었다.

"언제 왔느냐?"

"3일 됐어요."

강도는 유선의 머리를 쓰다듬었다.

"너도 현 세계 사람이었구나."

"네."

강도는 유선에게 소유빈에 대해서 묻고 싶었으나 엄두가 나지 않았다.

강도가 아무런 말도 없이 떠난 뒤에 소유빈이 크게 상심하면서 눈물로 지새우고 있다는 말을 들어야 하는 것이 두려웠기 때문이다.

그래서 그는 일부러 분위기를 바꾸었다.

"그런데 선아, 너 이상해졌다."

"뭐가요?"

"가슴이 작아진 것 같구나."

"……."

강도는 유선의 엉덩이를 쓰다듬었다.

"게다가 엉덩이도 많이 작아졌고……."

"저기, 신군님."

유선은 자신의 엉덩이를 만지는 강도의 손을 내버려 둔 채 그의 가슴에 대고 속삭였다.

"저 말씀드릴 게 있어요."

"뭐냐?"

"저 지금 20살이에요."

"……."

강도는 움찔 놀라 그녀의 양어깨를 잡고 품에서 떼어내고 살펴보았다.

그러고 보니까 유선은 정말 앳된 얼굴이었다.

유선은 자기 입으로 20살이랬는데 강도가 보기에는 17~18세 로밖에 보이지 않았다.

"어떻게 된 거냐?"

"저 원래 20살에 무림에 갔었어요. 12년 동안 무림에 있다가 현 세계로 돌아오니까 원래대로 20살이 된 거죠."

"그랬었군."

강도는 24살에 무림에 가서 8년 동안 있었고, 유선은 20살에 가서 12년 동안 있었으니까 동갑내기가 됐던 것이다.

유선이 20살이든 어떻든 간에 강도는 그녀를 다시 만나서 몹시 반가웠다.

무림에서 유선은 강도와 가장 많이 술을 마셔봤으며 그의 속마음을 가장 많이 알고 있는 사람이었다.

"옷 벗고 침대에 누워라."

강도는 웃음기 없는 얼굴로 유선에게 침대를 턱으로 가리키며 말했다.

"네? 다 벗어요?"

"그래."

강도는 일부러 뭔가 준비하는 체하면서 그녀를 쳐다보지 않고 무뚝뚝하게 대꾸했다.

무림에서 유선은 강도와 소유빈의 침실을 호위하면서 두 사람의 사랑의 행위를 직접 눈으로 보기도 했고 신음 소리는 거의 매일 들었다.

또한 두 사람이 따로 혹은 같이 목욕을 할 때에도 지근거리에서 호위를 하기도 했고, 때로는 한매궁 시녀들이 할 목욕 시중까지도 종종했었다.

그러므로 유선은 강도와 소유빈의 나신은 질리도록 많이 봐온 셈이었다.

그렇지만 유선은 자신의 벗은 모습을 한 번도 강도에게 보인 적이 없었다.

유선은 쭈뼛거리면서 하나씩 옷을 벗었다.

강도는 의자에 앉아서 그녀를 물끄러미 응시했다.

유선의 몸은 20살이지만 무림에서 12년 동안 살았으니까 정신 연령은 32살이라고 봐야 한다.

또한 살인을 밥 먹듯이 일삼는 무림에서 12년 동안 굴렀기 때문에 평범한 여자라고 생각하면 큰 오산이다.

아무리 그래도 강도 앞에선 영락없는 어린애다.

이윽고 유선은 옷을 다 벗고 두 손으로 가슴과 소중한 부위를 가린 채 수줍은 얼굴로 강도를 바라보았다.

"이제 누울까요?"

"그래."

유선은 침대에 누워서 초조한 얼굴로 내심 생각했다.

'앞에 한 동료들에게 물어보니까 옷을 입은 상태에서 했다던데 어째서 나는 옷을 벗으라고 하시는 거지?'

슥―

강도가 일어나서 유선에게 다가왔다.

"손 치워라."

"아……."

유선은 깜짝 놀라며 가슴과 소중한 부위를 가렸던 손을 급히 뗐다.

그녀는 차렷 자세를 취하고 나서 용기를 내서 물어보았다.

"저… 다른 사람들은 옷을 입고……."

"생사현관 소통, 일신결계하기 싫으냐?"

"아, 아닙니다."

"입 다물어라."

"네."

강도는 구인겸, 유선과 함께 청평에 왔다.

청평호 주위에는 근사한 별장들이 많은데 그중 하나가 범맹 소유다.

강도와 유선은 구인겸의 측근 호위 자격으로 왔다.

강도는 전면에 나서지 않은 상태에서 수노에 대해서 알아보려는 것이다.

수노를 직접 만나는 사람은 삼맹의 부맹주들이다.

측근 호위나 수행인은 따로 마련된 방이나 휴게실, 정원 같은 곳에서 편하게 부맹주를 기다리면 된다.

유선을 데려온 이유는 이곳에서 강도가 직접 움직일 수 없는 처지에 놓일 경우, 그녀에게 시킬 일이 있을지도 모르고, 또 그녀는 거의 신군성 내에서만 있었기 때문에 얼굴이 많이 알려지지 않았다.

강도는 수노를 모르고 본 적도 없다.

수노라는 존재는 현 세계에 와서 연수를 통해 처음 들었다.

오늘 강도의 목적은 수노가 과연 목소리뿐인 사부인지 확인하는 것이다.

정말 그렇다면 수노는 강도를 보는 순간 알아볼 것이다.

오늘 강도는 수노라는 존재를 제압하든지 미행을 하든지 어떻게 하든 반드시 소득을 얻어낼 생각이다.

강도와 구인겸, 유선은 목적지인 별장에서 50m쯤 떨어진 송림 속으로 전송되었다.

별장으로 천천히 걸어가면서 강도가 구인겸과 유선에게 전음을 보냈다.

[변장을 할까?]

그가 변장을 한다면 어설픈 솜씨가 아니라 역체변용비술로 얼굴은 물론 체격까지 완전히 변신하는 것을 말한다.

강도는 여기에 오기 전에 구인겸에게 자신은 뒤로 빠져서 수노를 좀 살펴보겠다고만 말해두었다.

구인겸은 수노가 강도의 수하거나 대리인쯤으로 알고 있는데 어째서 구태여 그래야 하는지 이해하지 못했다.

하지만 강도의 말에 일체 토를 달지 않았다.

[편하신 대로 하십시오.]

구인겸은 자신이 취할 수 있는 최선의 대답을 했다.

하지만 강도는 구인겸의 내심을 읽었다.

[꼭 그렇게까지 해야 합니까?]

강도를 절대자가 아닌 절대신군이라고 알고 있는 유선이 끼어들었다.

[변신하시는 것도 나쁘지 않겠죠?]

참고로 그녀는 방금 전 구인겸의 대답을 듣지 못했다. 구인겸이 강도에게 직접 전음을 했기 때문이다.

질풍대장 태청으로 변신한 강도는 유선과 나란히 별장의 정원을 어슬렁거리고 있다.

삼맹의 부맹주들은 수노를 만나러 별장 이 층으로 올라갔다.

이 별장은 범맹의 소유라서 범맹 전사들이 내부 안내와 외곽 경비를 맡았다.

불맹 부맹주와 같이 온 측근들은 일 층에서 다과를 먹으면서 휴식을 취하는데 강도는 밖으로 나왔다.

강도는 정원을 가로질러 천천히 호수 쪽으로 걸었다.

그런데 불행하게도 이 층에서는 아무 소리도 들리지 않는다.

수노는커녕 삼맹 부맹주들 목소리조차 들리지 않는 걸 보면 무형막 같은 것으로 차단한 모양이다.

어떤 종류의 무형막이든 간에 강도의 능력으로 충분히 파훼할 수 있지만 파훼되면서 소리가 날 테니까 발각되고 만다.

정원 밖에는 아담한 선착장이 있고 거기에 날렵한 보트가 정박해 있는데 강도는 그 옆에서 저 멀리 호수를 응시하고 있다.

'어쩐다.'

유선이 강도의 표정을 잠시 살피더니 조심스럽게 전음으로 말했다.

[수노에 대해서 궁금하면 이따 부맹주에게 물어보시면 되잖아요.]

강도는 호수 저 먼 곳을 응시하다가 눈을 빛냈다.

'그렇군.'

그는 비로소 엷은 미소를 지었다.

[네 말이 맞다.]

수노를 직접 만난 구인겸의 망막에는 수노의 모습이 새겨졌을 테고, 고막과 뇌리에는 수노의 목소리가 저장되어 있을 것이다.

그걸 재생하면 된다.

한동안 호숫가에 말없이 서 있던 강도는 마침내 유선에게 소유빈에 대해서 물어보기로 마음먹었다.

강도는 별장을 슬쩍 뒤돌아보고는 유선의 손을 덥석 잡고 한쪽으로 이끌었다.

그는 별장에서 100m 쯤 떨어진 호숫가에 멈추고는 자신들의 대화를 남이 듣지 못하도록 주위에 호신막을 쳤다.

"선아."

유선은 강도가 전음이 아닌 육성으로 말하자 그를 바라보면서 대답했다.

"네, 신군."

강도는 저 멀리 호수를 응시하며 조용히 물었다.

"유빈은 잘 있느냐?"

"신후께선……."

유선은 갑자기 목이 메었다.

"식음을 전폐하시고 잠도 주무시지 않으시면서 매일 울기만 하셨어요."

"음."

강도는 신음을 흘리며 유선을 쳐다보다가 그녀가 마치 폭

포처럼 눈물을 흘리는 걸 보았다.

소유빈의 반응은 강도가 예상했던 그대로다.

만약 입장이 바뀌었다고 해도 강도 역시 다르지 않았을 것이다.

"신후께선 마치 정신이 나간 것처럼 하루 종일 신군의 이름만 부르면서 우셨어요."

강도는 눈으로 직접 보지 않았어도 소유빈이 어떤 상태였을 것이라고 상상이 됐다.

"그리고……."

"그만 됐다."

결국 강도는 유선의 말을 막았다.

더 들으면 가슴이 찢어지고 말 것이다.

유선은 아직 할 말이 있다는 듯 강도를 바라보았다.

그녀는 두 눈에 가득 찬 눈물 너머로 강도가 먼 곳을 바라보면서 몸을 가늘게 떨고 있는 것을 보았다.

"신후께선……."

"그만하라고 하지 않았느냐?"

그러나 유선은 멈추지 않았다.

"갑자기 사라지셨어요."

"……."

강도는 움찔하며 유선을 보았다.

"무슨 말이냐?"

"신후께서 갑자기 사라지셨다니까요?"

"유빈이 어딜 갔다는 말이냐?"

유선은 답답하다는 듯 주먹으로 강도의 어깨를 때렸다.

"제가 하루 24시간 눈을 떼지 않고 있었는데 신후께서 느닷없이 제 눈앞에서 연기처럼 사라지셨어요."

"그럼……"

강도는 움찔했다.

"맞아요. 무림인들이 현 세계로 갔을 때처럼 그렇게 사라지신 거예요."

강도의 얼굴에 어이없는 표정이 떠올랐다.

"그럼 유빈이 현 세계 사람이었다는 말이냐?"

"그러셨나 봐요."

"이런, 젠장……"

강도의 입에서 욕이 튀어나왔다.

소유빈이 현 세계 사람일 거라고는 짐작조차 한 적이 없었다.

목소리뿐인 사부는 강도에게 어느 누구에게도 절대로 그가 현 세계에서 왔다는 말을 해서는 안 된다고 여러 번 경고했었다.

만약 발설하는 날에는 그 즉시 목숨을 거두겠다는 말도 잊지 않았었다.

그래서 강도는 소유빈에게 자신이 현 세계에서 왔다는 얘기를 해주지 않았었다.

그런데 이제 보니까 그녀 역시 자신에 대해서 말하지 않았던 것이다.

그녀도 강도와 똑같은 협박을 받았던 게 분명하다.

그리고 그녀를 협박한 자는 목소리뿐인 사부였을 것이다.

그런 식으로 현 세계에서 온 사람들은 목소리뿐인 사부에게 협박을 당했을 것이다.

"선아, 너 목소리뿐인 사부를 아느냐?"

강도는 불쑥 물었다.

"그게 뭐죠?"

유선은 의아한 표정으로 강도를 바라보았다.

"누가 너한테 모습은 보이지 않고 목소리만으로 말을 한 적이 없느냐?"

유선은 눈을 깜빡거렸다.

"누가 저한테 전음입밀을 한 적이 있었느냐고 하문하시는 건가요?"

"그런 게 아니다."

이 부분에서 강도는 조금 헷갈렸다.

목소리뿐인 사부가 소수의 사람에게만 발현한 것 같았다.

"처음에 무림에 왔을 때 누가 너한테 이래라저래라 지시하지 않았느냐?"

"사부님이 그러셨죠."

"주봉 말이냐?"

"아뇨. 그녀는 저의 대사저(大師姐)이시고 제가 말하는 사부님은 우리 모두의 사부님 말이에요."

강도가 알기로는 주작단주 주봉과 유선의 사부는 그저 정파무림의 뛰어난 명숙(名宿)일 뿐 목소리뿐인 사부 같은 것은 아니었다.

"저는 처음에 무림에 갔을 때 제가 현 세계 사람이라고 주위 사람들에게 하소연을 했지만 아무도 믿어주지 않았어요. 나중에는 미친 사람 취급을 했죠."

"그랬느냐?"

"나중에 무림에 출도해서는 차츰 그런 말을 하지 않게 되었어요. 그러다가 우연히 마음이 통하는 사람을 만났을 때 은근슬쩍 제가 현 세계에서 왔다는 얘길 하면 상대의 반응은 언제나 똑같았어요."

"어떻게 말이냐?"

"절 이상한 눈으로 보는 거죠."

만약 유선이 무림을 돌아다니다가 현 세계에서 온 사람을 만났다면 말이 통했을지도 모른다.

하지만 무림인 수가 수십만 명인데 그중에서 현 세계에서 온 사람을 만날 확률은 매우 희박하다.

"알았다."

강도는 고개를 끄떡이고 호신막을 풀었다.

유선이 보고 있는 눈앞에서 소유빈이 사라졌다면 그녀는 현 세계에 돌아왔을 가능성이 가장 높다.

'무슨 일이 있어도 찾아야 한다.'

강도와 유선이 별장으로 가려고 몸을 돌렸을 때 저만치 별장 뒤쪽에서 한 대의 차량이 나왔다.

부릉…….

강도가 힐끗 보니까 처음 보는 외제 스포츠카다.

그냥 흘려보면서 정원으로 들어서는데 구인겸의 전음이 들렸다.

[주군, 지금 나간 스포츠카에 탄 사람이 수노입니다.]

[그래?]

강도는 어느새 스포츠카를 향해 미끄러지듯이 달리기 시작했다.

[현천, 수노의 모습을 떠올려 봐.]

[네?]

구인겸은 잠시 어리둥절했다가 강도가 자신의 생각을 읽으려 한다는 사실을 깨달았다.

[알겠습니다.]

강도는 스포츠카를 향해 달려가면서 운전석의 수노가 백미러로 자신이 뒤쫓고 있는 모습을 볼지도 모른다는 생각이 들었다.

도로 왼쪽에 숲이 이어져 있어서 그곳으로 들어갔다.

그와앙!

스포츠카는 맹수가 포효하는 배기음을 내면서 구불구불한 호숫가 2차선 도로를 질주했다.

강도는 30m 거리의 스포츠카와 숲속에서 나란히 달렸다.

나중에 알았지만 저 스포츠카는 애스턴마틴 뱅퀴시 볼란테라는 복잡한 이름을 갖고 있었다.

강도는 달리면서 구인겸의 생각을 읽었다.

먼저 구인겸이 쳐다보는 각도에서의 수노 모습이 강도가 직접 눈앞에서 보는 것처럼 나타났다.

나이는 35~36살 정도, 붉은색 재킷을 입은 매우 잘생긴 남자의 모습이라서 강도는 실망했다.

'그자가 아닌가?'

수노가 목소리뿐인 사부이며 삼맹이라든가 이 모든 시스템을 만든 존재일 거라고 짐작하고 있는데 실제로 보는 그의 모습은 너무 젊었다.

그리고 강도가 지금도 생생하게 기억하고 있는 목소리뿐인 사부의 목소리는 중후한 노인이었다.

뒤이어 수노가 앞쪽을 둘러보면서 말했다.

—절대신군께선 오지 않으셨습니까?

삼맹 부맹주들에게 하는 말이다.

그리고 부맹주들은 아무도 대답하지 않았다.

—현 세계에 오신 절대신군에 대해서 아는 사람 없습니까?

수노의 목소리는 30대에 어울리게 젊었다.

역시 아무도 대답하지 않았다.

그런데 강도는 30대 젊은 사내의 목소리에서 목소리뿐인 사부의 목소리 흔적을 찾아냈다.

저 30대 사내가 나이를 먹어서 5~60대가 되면 목소리뿐인 사부하고 똑같은 목소리가 될 거라는 확신이 생겼다.

'그자다!'

무공이 화경에 이른 수노 정도면 얼굴 모습 바꾸는 거야 어린아이 장난일 것이다.

수노가 또 말했다.

—보고하세요.

부맹주들은 자신들이 올린 성과 등에 대해서 불맹 부맹주부터 설명하기 시작했다.

강도는 도로를 달리는 애스턴마틴 운전석에 앉아 있는 사람을 나무 사이로 보았다.

유리창에 짙은 선팅이 돼 있고 중간에 나무들이 시야를 방해했지만 별문제가 되지 않았다.

목표를 확인하는 데는 0.0001초면 된다.

'어…….'

그런데 짙은 선팅 안에서 운전대를 잡고 있는 사람이 선글라스를 낀 노랑머리의 젊은 서양 여자라는 걸 확인하는 순간 강도는 어이없는 표정이 됐다.

'수노가 변신한 건가?'

그럴 수도 있고 아닐 수도 있다.

수노 정도면 여자로 변신하는 것도 식은 죽 먹기일 거다.

그런데 변신을 하면 했지 어째서 서양 여자라는 건가.

어쨌든 강도는 숲에서 계속 애스턴마틴을 따라갔다.

삼맹 부맹주들의 보고가 끝나고 수노가 한마디 했다.

─삼맹을 합치세요. 앞으로는 총본에서 지휘할 겁니다.

그러고는 수노가 일어나서 방을 나가는 뒷모습이 보였다.

─현천자는 날 따라오세요.

그런데 수노가 나가면서 구인겸을 따로 불렀다.

'이런… 현천이 읽혔다.'

순간 강도는 구인겸의 생각이 수노에게 읽혔다는 사실을 깨달았다.

강도가 상대의 생각을 읽을 수 있다면 수노도 충분히 그런 능력이 있을 것이다.

구인겸은 강도에 대한 생각을 했을 테고 수노가 그걸 읽었기 때문에 그에게 따라오라고 한 것이다.

'바보 같은 현천.'

그런데 잠시 후 수노의 모습이 정면으로 보이더니 뜻밖의 말이 들렸다.

—현천자, 강남에 빌딩 하나를 매입해 주세요.

—어떤 빌딩입니까?

—봐둔 게 있어요. 35층인데 총본으로 사용하려는 겁니다.

—알겠습니다.

구인겸이 생각을 읽힌 게 아니었다.

무당파의 장문인이라면 탁월한 수양 능력으로 강도에 대한 생각을 닫아두는 정도는 쉽게 할 수 있을 것이다.

수노는 강도를 찾지 못하게 되니까 자신이 전면에 나설 생각인 듯하다.

그러고는 더 이상 아무 말도 들리지 않았다.

대신 같은 목소리가 강도의 앞에서 들렸다.

"당신은 어째서 날 따라오는 겁니까?"

"엇?"

강도는 움찔 놀라서 급히 멈췄다.

방금 전에 구인겸의 눈으로 봤던 수노가 강도 앞에 불쑥 나타난 것이다.

강도가 급히 도로 쪽을 쳐다보니까 애스턴마틴이 멈춰 있고 운전석에서 서양 여자가 내리고 있다.

강도는 즉시 머릿속에서 자신에 대한 모든 생각을 지웠다.

그리고 지금부터 자신이 구인겸의 제자인 태청이라는 생각을 하면서 태청의 목소리를 흉내 냈다.

"그냥 차를 워낙 좋아해서 멋진 차를 보니까 따라가 본 겁니다."

수노는 차 쪽을 보면서 설명했다.

"영국에서 만든 애스턴마틴입니다. 4억 정도 하지요."

서양 여자가 운전석에 기대서 선글라스를 벗어 머리에 얹고는 팔짱을 끼고 이쪽을 바라보았다.

"현천자가 날 미행하라고 시켰습니까?"

과연 수노는 강도의 생각을 읽었다.

강도가 완벽한 마인드 컨트롤로 태청을 가장하니까 수노가 그의 생각을 읽고 구인겸의 제자라고 믿은 것이다.

"아닙니다. 사부님은 모르십니다."

강도는 수노가 자신의 생각을 읽는 것을 역으로 이용해 보기로 했다.

즉, 거짓 생각을 해서 그걸 읽은 수노에게서 뭔가를 찾아내려는 것이다.

강도는 구인겸이 수노가 진짜 수노인지 의심하고 있다는 생각을 했다.

강도는 눈앞에 서 있는 이 사람이 진짜 목소리뿐인 사부인지 확인하고 싶었다.

매우 준수한 용모의 수노는 부드러운 미소를 지었다.

"수노라는 것은 사람들이 붙여준 이름이지 원래 내 이름이 아닙니다."

수노가 강도의 생각을 읽는 게 분명하다.

또한 그는 자신이 강도의 생각을 읽는 것을 감추려 들지도 않았다.

"나는 원래 모습을 갖추지 않은 신령(神靈)이라서 사람들 앞에 나타나려면 지금처럼 사람의 모습을 빌려야 합니다."

수노는 돌아가라는 손짓을 했다.

"가서 현천자에게 전하세요. 무당파에서 40년 동안 현천자에게 무공을 가르쳤던 게 바로 나라고 말이에요. 내 이름은 본대비제(本大秘帝)입니다."

태청이 된 강도가 생각했다.

'사부님에게 무공을 가르친 분은 사조가 아니신가?'

수노, 아니, 본대비제가 빙그레 미소 지었다.

"그 사조가 바로 나였습니다."

강도가 생각했다.

'본대비제가 뭐지?'

본대비제는 애스턴마틴 쪽으로 몸을 돌렸다.

"나는 그분의 대리인입니다."

'그분이라니, 누굴 말하는 거지?'

본대비제는 긴 다리로 성큼성큼 걸어가면서 말했다.

"절대신군 말입니다."

'……'

강도는 하마터면 태청이 아닌 자신의 생각을 할 뻔했다.

아니, 어쩌면 했는지도 모른다.

그러나 본대비제는 계속 숲길을 휘적휘적 걸어가고 있다.

강도의 생각 읽는 것을 거둔 것 같다.

강도가 절대신군인데 본대비제, 수노라고 알려진 존재가 절대신군의 대리인이라니, 말도 안 되는 얘기다.

저자는 목소리뿐인 사부이며 대리인이 아니라 오히려 강도를 키워준 사부였다.

강도는 뭐가 어떻게 돌아가는 것인지 갈피를 잡지 못했다.

그때 강도는 본대비제의 생각을 읽어볼 것인가를 순간적으로 갈등했다.

가장 확실한 방법은 본대비제의 생각을 읽는 것이다.

생각을 읽는 것은 상대에게 아무런 느낌도 주지 않으므로 귀신처럼 해치울 수 있다.

강도는 본대비제의 뒷머리를 주시하며 집중력을 투사(投射)했다.

"……!"

찰나 뭔가 읽혔다.

그런데 10m 앞에서 걸어가고 있던 본대비제의 모습이 그 자리에서 감쪽같이 사라지면서 생각을 읽는 게 잘렸다.

"……."

강도는 그 자리에 가만히 서 있었다.

움직이는 것은 괜한 의심을 살 수도 있기 때문이다.

어떻게 된 것인지는 모르지만 본대비제는 강도가 생각을 읽는 것을 느낀 모양이다.

그 순간 본대비제는 강도의 뒤에 추호의 기척도 없이 나타났다.

본대비제는 우두커니 서 있는 강도를 아주 잠깐 바라보다가 조금 전 걸어가던 원래의 위치에 다시 나타났다.

그러고는 가던 길을 휘적휘적 걸어갔다.

본대비제는 강도가 생각을 읽으려고 하는 것을 공격하는 것으로 착각했다.

강도는 본대비제가 자신의 생각을 읽을 때 아무것도 느끼지 못했었다.

그런데 본대비제는 생각을 읽히는 것을 공격하는 것으로라도 감지했으니 대단하다.

강도는 우뚝 서서 본대비제가 걸어가는 모습을 응시했다.

강도는 본대비제가 눈앞에서 사라졌다가 자신의 뒤쪽에 나타났었다는 사실을 모른다.

다만 생각을 읽는 것과 동시에 그가 반응을 했기 때문에 들켰을 거라고 추측한 것이다.

그러나 사라졌던 본대비제가 다시 나타나서 제 갈 길로 가는 것을 보면 들키지 않은 것일 수도 있다.

들켰다면 본대비제가 그냥 갈 리가 없다.

그렇지만 그의 생각을 읽는 것은 위험해서 더 할 수가 없다.

강도는 본대비제가 애스턴마틴에서 기다리고 있는 서양 여자와 가볍게 포옹하고 입을 맞춘 후에 조수석에 타는 모습을 물끄러미 지켜보았다.

서양 여자가 운전석에 타더니 애스턴마틴은 굉음을 울리며 도로를 따라 사라졌다.

우우웅!

묵묵히 지켜보던 강도는 왼손을 들어 트랜스폰을 조작했다.

그는 자신의 정신적 감응(感應)을 트랜스폰에 연결하는 장치를 작동했다.

트랜스폰 작은 화면에 강도가 있는 이곳 청평호 주변의 지도가 떴다.

그리고 그곳에 하나의 초록색 점이 깜빡거리면서 느리게 이동하고 있다.

강도는 화면을 손가락으로 터치했다.

화면이 점점 커지면서 한 대의 차 애스턴마틴이 호숫가 도로를 달리고 있는 위쪽 광경이 나타났다.

인공위성에서 실시간으로 촬영한 것이다.

강도 입가에 흐릿한 미소가 떠올랐다.

'후후… 이제 당신은 내 손안에 있다.'

강도는 본대비제의 생각을 읽으면서 그에게 정신의 흔적을 남겨두었다.

삼라만상의 움직임에는 반드시 흔적이 남는다.

지구가 자전 공전을 하면서 움직이면 밤과 낮, 그리고 사계절이 생긴다.

달이 움직이면 지구에 조수간만이 생긴다.

세월이 흐르면 인간을 비롯한 모든 살아 있는 것이나 죽어 있는 사물들이 변한다.

그렇듯이 강도가 비록 0.0001초라도 본대비제의 생각을 읽었으니 그의 정신에 강도의 흔적이 남았다.

강도는 별장으로 걸어가면서 찰나지간에 읽은 본대비제의 생각을 해석하기 시작했다.

'희한하네.'

강도는 고개를 갸웃거렸다.

여태까지 그가 생각을 읽은 상대들은 움직이는 동영상 같은 것이었다.

그런데 본대비제의 생각은 그냥 사진이다.

그것도 낡은 흑백사진처럼 흐릿하다.

강도가 찰나지간에 본대비제의 생각을 읽어서 건진 것은 단 2장의 흐린 사진 같은 영상이다.

'저게 뭐지?'

생각을 읽은 시간이 조금만 더 길었으면 이보다 더 선명한 사진을 얻을 수 있었을 것이다.

찍혀 있는 사진 중 하나는 사람인데 남자인 것 같지만 누군지 알 수가 없다.

또 하나는 어떤 장소인데 산과 들, 바다인지 호수 같은 넓은 물이 보였으나 강도로선 처음 보는 곳이다.

'절대신군의 대리인 본대비제라고?'

무림에서 목소리뿐인 사부는 언제나 강도에게 명령을 내리는 명령권자였었다.

그런 그가 강도의 대리인이라니 개가 웃을 일이다.

별장으로 돌아온 강도는 유선이 별장 밖의 도로에 나와서 자신을 기다리고 있는 것을 발견했다.

[무슨 일이냐?]

[범맹에서 점심 식사를 준비했대요. 현천자는 빠질 수 없어서 부맹주들과 식사를 시작했어요.]

유선이 강도를 쳐다보았다.

[어떡하실 거예요?]

강도는 식사보다는 불맹과 범맹의 부맹주가 누군지 한 번 보고 싶었다.

[가자.]

별장 입구에 서 있던 범맹 여전사 한 명이 강도와 유선을 안으로 안내했다.

강도는 안내하는 범맹 여전사를 어디에서 봤는지 한눈에 알아보았다.

일전에 서울대양병원을 공격했을 때 요족의 정혈을 수송하는 차량을 몰고 신갈 인근에 있는 정혈을 정제순혈로 만드는 요족의 공장에 갔던 적이 있었다.

그때 범맹 협사조장 안예모라는 청년이 강도가 탄 트럭을 추격했었는데 이 여전사는 안예모의 부하였다.

그러니까 범맹 협사조원이다.

그때 신갈의 공장에서 강도가 일을 다 처리하고 나왔을 때

안예모 등이 앞을 가로막았으며, 그때 이 여전사도 그곳에 있었다.

그렇지만 여전사는 태청의 모습을 하고 있는 강도를 알아보지 못했다.

여전사가 강도와 유선을 안내한 곳은 매우 큰 식당이다.

저만치 창가 쪽 테이블에 3명의 부맹주들이 식사를 하고 있으며, 5m쯤 떨어진 안쪽의 둥글고 커다란 테이블에 부맹주를 수행하고 온 전사들이 둘러앉아서 식사를 하고 있다.

강도와 유선은 전사들의 테이블에 안내되어 나란히 앉았다.

구인겸이 이쪽을 슬쩍 쳐다보았으나 강도는 일부러 그와 눈을 마주치지 않았다.

주방에서 일하는 듯한 하녀들이 서빙을 하고 있으며 그녀들 중 한 명이 쟁반에 밥과 국, 수저를 갖고 와서 강도와 유선 앞에 놓아주었다.

강도가 식사를 하는 테이블에는 6명이 있다.

부맹주 한 명당 수행인 2명씩이다.

수행인들의 테이블에서는 아무도 입을 열지 않고 묵묵히 식사만 하고 있다.

강도네 테이블의 6명은 모두 각 맹의 무전사들이다.

무전사 정도 돼야 부맹주를 호위할 자격이 있는 것이다.

같은 무전사끼리라면 호의적이어야 할 텐데 삼맹 무전사들 사이에는 냉랭한 기운이 감돌았다.

무전사들하고는 달리 3명의 부맹주는 담소를 나누면서 식사를 하고 있다.

강도가 들어보니까 부맹주들의 대화는 절대신군과 수노에 대한 것들이다.

가장 나이가 많은 구인겸은 고개를 끄떡이면서 듣는 쪽이고, 불맹 부맹주인 전황(戰皇)이라는 인물이 주로 거친 입담을 쏟아내고 있었다.

"요즘 간혹 대형 사건들이 뻥뻥 터지는데 그게 신군의 솜씨라는 소문이 나돌고 있습니다."

"신군이라면 어째서 모습을 드러내시지 않겠소?"

강도는 반문을 한 사람의 목소리를 듣고는 식사를 하며 자연스럽게 그쪽 테이블을 쳐다보았다.

'유성 형님이로군.'

강도는 무림에서 활동할 때 많은 사람과 친분을 맺었지만 그중에서 유성추혼과 가장 친했었다.

강도는 자신보다 6살 많은 유성추혼을 형으로 대했다.

그러나 겸손한 유성추혼은 모든 면에서 자신보다 월등한 강도를 진정으로 존경하며 막역한 친구처럼 대해주었다.

강도가 무림에서 만났던 수많은 사람 중에서 진정한 친구를 한 명 꼽으라면 두말없이 유성추혼을 지목할 것이다.

아마 같은 상황이라면 유성추혼도 강도를 꼽는 데 주저함이 없을 것이다.

'유성 형님이 범맹 부맹주라고 들었을 때 설마 했더니 유성 형님도 현 세계 사람이었구나.'

강도는 경험을 쌓고 세력을 얻으려고 무림을 주유하면서 유성추혼과 3년 정도 친분을 쌓았었다.

목소리뿐인 사부 본대비제의 강력한 명령 때문에 강도는 유성추혼에게 자신에 대해서는 아무것도 제대로 말한 적이 없었다.

이후 2년 동안 강도는 유성추혼을 떠나 세력을 이끌고 천하를 종횡무진하면서 점차 절대신군이 되어갔다.

그러다가 무림에 온 지 5년째에 천하제일미인 소유빈을 만나 사랑을 하고 결혼에 골인했다.

이어서 낙양의 신군성에서 소유빈과 꿀이 뚝뚝 떨어지는 신혼 생활을 하는 한편 천하무림을 통일하여 명실상부한 천하제일인의 자리에 올랐었다.

그런데 이제 보니까 유성추혼도 현 세계 사람이었다.

그것도 범맹 부맹주를 할 정도면 강도가 몰랐던 대단한 실력과 세력을 지녔던 것이 분명하다.

전황이 손가락을 튕겨서 하녀를 불러 술을 달라고 주문하고는 말했다.

"신군이 뭔가 꿍꿍이 속셈이 있을지도 모르지요."

유성추혼이 일축했다.

"신군께 꿍꿍이 속셈이 있다니, 그대는 신군을 어떤 존재라고 생각하는 것이오?"

그의 곱지 않은 말투에 전황은 조금 발끈했다.

"어떤 존재라뇨? 삼맹의 총맹주 아닙니까?"

"그럼 수노는 무엇이오?"

전황은 거침없이 대꾸했다.

"수노야말로 우리 모두의 사부이며 그 이상의 존재가 아닙니까?"

전황의 목소리가 크고 높아지자 무전사들이 식사를 중지하고 그쪽을 쳐다보았다.

"그 이상 어떤 존재 말이오?"

"우리를 무림에 보내서 무공을 배우게 했고 총본과 삼맹을 결성하여 마계와 요계를 상대하게 한 이 모든 것이 수노의 작품이 아닙니까?"

전황은 노골적으로 유성추혼을 경원하는 듯한 표정과 말투를 썼다.

유성추혼은 구인겸을 보며 정중하게 물었다.

"도장께서도 그렇게 생각하십니까?"

구인겸은 엷은 미소를 지었다.

"수노는 심부름꾼일 뿐이오."

그의 말에 전황과 유성추혼의 반응이 각기 달랐다.

전황은 손바닥으로 테이블을 세게 치며 반발하고 유성추혼은 고개를 끄떡였다.

"도장께선 어떻게 그런 말도 안 되는 소리를 하십니까?"

유성추혼이 빙그레 사람 좋은 미소를 지었다.

"그래서 그대는 아까 수노에게 그렇게 굽실거렸던 거요?"

"누가 굽실거렸다고!"

아까 수노 앞에서 계속 아첨을 떨었던 전황은 발끈해서 벌떡 일어섰다.

강도가 알고 있는 유성추혼은 성격이 대쪽 같으며 악행과 불의를 원수처럼 미워하고 아첨하는 자들을 벌레처럼 여기는 골수 협객이었다.

"허허… 말씀이 심하시오, 유성 시주."

그때 입구 쪽에서 나직한 웃음소리가 들렸다.

입구로 들어오는 사람은 3명인데 모두 노인들이다.

강도는 그들을 보는 순간 누구인지 한눈에 알아보았다.

소림사 장문인 혜광선사와 개방 방주 천비신개, 그리고 곤륜파 장문인 태허만검이다.

말하자면 저들 3명은 불맹삼로인 것이다.

부맹주들이 호위무사 둘만 대동하고 수노를 만나러 참석하는 자리에 불맹삼로가 모습을 나타냈다는 것은 뜻밖이다.

불맹삼로는 비록 불맹의 장로라는 신분이지만 구인겸하고는 같은 배분이고 전황과 유성추혼보다는 대선배다.

삼맹의 부맹주들과 무전사들까지 모두 일어나 불맹삼로에게 예를 갖추었다.

강도도 일어나서 대충 포권을 하며 고개를 숙이고는 불맹삼로를 살펴보았다.

제24장
앱솔루트

　불맹삼로는 부맹주들과 합석했다.

　그들은 구인겸과 무림에서부터 친분이 있었고 또한 비슷한 배분이라서 서로 안부를 묻고 인사하느라 한동안 부산했다.

　개방 방주 천비신개가 두리번거리면서 물었다.

　"수노는 가셨소?"

　유성추혼이 담담히 대답했다.

　"가셨습니다."

　전황은 못마땅한 얼굴로 유성추혼을 쏘아보느라 입을 꾹

다물고 있었다.

사실 불맹의 장로들은 현 세계에 와서 부맹주를 결정하지 못해서 속을 끓였었다.

누가 보더라도 불맹 부맹주는 소림사 장문인 혜광선사가 맡아야 마땅하다.

하지만 그는 전면에 나서기를 극도로 꺼려했으며 다른 장로들은 혜광선사를 놔두고 자신들이 부맹주를 할 수 없다는 입장이었다.

그래서 불맹은 결단을 내렸다.

초창기 불맹의 무당 최고수였으며 무일조 조장인 한 청년을 불맹십로가 공동 제자로 삼아서 자신들의 절학을 집중적으로 전수한 것이다.

그 청년은 무림에서 질풍대의 선두 주자로서 그리고 청년 고수로서 혁혁한 무명을 날렸었다.

그가 무림에서 127명의 고수와 싸워서 한 번도 패한 적이 없었던 사실은 꽤나 유명한 일이다.

그런 그가 불맹십로의 공동 제자가 되어 일 년 동안 무림십파의 절학에 매두몰신하여 소기의 성과를 거두어 마침내 불맹 부맹주의 지위에 앉게 된 것이다.

수노가 갔다는 말에 불맹삼로의 얼굴에 아쉬운 표정이 떠올랐다.

그때 전황이 꼿꼿한 자세로 유성추혼을 쏘아보며 말했다.

"당신은 내게 사과해야 할 것이오."

그 한마디에 분위기가 팽팽해졌다.

모두의 시선이 전황과 유성추혼에게 집중되었다.

그걸 지켜보는 강도의 마음은 씁쓸했다.

삼맹이 힘을 합쳐서 마계와 요계를 상대해도 모자랄 판국에 집안싸움이라니 못 봐줄 지경이다.

전황이 수노에게 아첨하듯이 굽실거렸다는 유성추혼의 말은 사실일 것이다.

강도가 봤을 때 전황은 그럴 수 있는 인간인 듯하고, 유성추혼은 거짓말을 못 하며 직설적인 성격이다.

하지만 자리가 자리이니만큼 유성추혼의 말은 좀 심했다.

그래도 상대는 불맹의 부맹주인데 수하들이 있는 자리에서 그런 말을 한 것은 전황에 대한 모독이다.

모두들 유성추혼을 주시했다.

그가 어떻게 대답하느냐에 따라서 다음 상황이 급속도로 진행될 것이기 때문이다.

최악의 상황에는 불맹과 범맹이 파국으로 치달을 수도 있을 것이다.

모두의 시선을 한 몸에 받고 있는 유성추혼이 자리에서 일어서더니 전황에게 정중히 포권을 했다.

"내가 실언했소. 사과하겠소."

그의 행동에 다들 놀라는 표정을 지었다.

설마 유성추혼이 고개를 숙이며 사과할 줄은 기대하지 않았었다.

그로써 일촉즉발의 험악했던 상황이 끝나는 것처럼 보였다.

이런 상황에서 인간은 두 가지 유형을 보인다.

만족하고 물러나는 자와 욕심을 부리는 자다.

그러나 안타깝게도 전황은 후자였다.

그는 모두가 보는 데서 유성추혼을 납작하게 해주고 싶었는데 그가 사과를 하는 바람에 뜻을 이루지 못했다.

그러나 전황은 자신이 세게 나가니까 유성추혼이 겁을 먹었다고 착각을 했다.

"내가 수노에게 어떻게 굽실거렸는지 당신이 내게 한 번 그대로 해보시오."

무리한 요구다.

유성추혼이 그걸 할 리가 없다.

그러니까 이건 전황이 노골적으로 시비를 걸고 있는 것이다.

"원하는 게 뭐요?"

"유성추혼 당신에게 훈계를 내리고 싶소."

전황의 말투가 '하십시오'에서 '하오'로 바뀌었다.

"어떻게 말이오?"

분위기는 점차 험악해지고 있다.

태허만검이 전황을 타이르듯 말했다.

"부맹주, 진정하시오."

"그게 지금 장로가 부맹주에게 하실 말입니까?"

그러자 전황이 언성을 높였다.

태허만검은 전황의 사부들 중에 한 명이지만 또한 수하들 중에 한 명이기도 했다.

그러나 전황은 후자만 기억하고 있다.

그러는 것이 바로 소인배들의 공통된 특징이다.

"무일조장."

전황이 유성추혼을 응시하면서 유들유들하게 웃으며 나직하게 누군가를 불렀다.

그러자 강도 맞은편에 앉아 있던 청년이 벌떡 일어나 전황에게 허리를 굽혔다.

"속하 명을 받듭니다."

"유성추혼께서 말을 듣지 않으시니 네가 알아들으시게 상대를 해드려라."

사실 전황은 부맹주가 되기 전에 불맹 무일조장이었으며 지금 무일조장이라고 일어난 청년 전유승하고는 둘도 없는 절친한 친구 사이였다.

전황은 불맹십로의 공동 제자가 된 후 친구 전유승에게 틈틈이 불맹십로의 절학들을 가르쳐 주었다.

그리고 지금에 이르러서 전유성은 전황의 7할에 이를 정도의 최고수가 되었다.

그러므로 전황은 친구 전유승 정도면 능히 유성추혼을 꺾을 수 있을 거라고 확신했다.

말하자면 유성추혼을 졸로 본 거다.

그때 오늘 이곳 별장의 일을 총괄하는 범맹의 조장 한 명이 나서며 전황에게 항의했다.

"불맹 부맹주님의 말씀이 지나치십니다."

강도가 쳐다보니까 범맹 협사조장이다.

아까 강도를 안내한 여전사를 보고 짐작했지만 과연 협사조장 안예모가 오늘 이곳을 총괄하는 모양이다.

안예모는 당차게 전황을 꾸짖었다.

"불맹 부맹주께선 객이신데 남의 집에 오셔서 행패를 부리시면 어떻게 합니까?"

"너 행패라고 했느냐?"

"행패가 아니고 뭡니까?"

그때 전황의 명령을 받았던 불맹 무일조장 전유승이 안예모를 향해 걸어갔다.

"건방진 놈."

불맹삼로는 착잡한 표정이다.

자신들이 나서서 이 일을 무마하려고 한다면 상전인 부맹주를 무시하는 꼴이 되고 만다.

혜각선사 무로의 착잡한 표정을 본 구인겸은 자신이 나서기로 마음먹었다.

"이게 무슨 짓이오?"

구인겸이 엄숙하게 꾸짖자 전황은 태연하게 받아쳤다.

"도장께서도 보시지 않았습니까? 범맹 부맹주께서 절 모욕했습니다."

"그렇다고 수하를 시켜서 부맹주를 욕보이려는 것이오? 그건 하극상이오."

"하하하! 우린 불맹이고 저쪽은 범맹입니다. 맹이 다른데 어째서 하극상이라는 겁니까?"

구인겸은 전유승을 가리켰다.

"삼맹이 합치라는 수노의 말씀을 못 들었소? 합치면 저자가 유성 대협의 수하가 되는 것이오."

"……"

전황은 일순 할 말이 없는 표정이다.

"그러므로 저자가 유성 도우를 공격하면 하극상이 아니고 무엇이오?"

그러나 전황은 물러서지 않았다.

"음, 하지만 제가 모욕을 받은 것은 반드시 돌려받아야겠습니다."

"꼭 그래야만 하겠소?"

"그렇습니다."

강도는 구인겸의 생각을 읽고 엷은 미소를 지었다.

구인겸은 강도를 나서게 해서 전황의 코를 납작하게 해주고 싶은 모양이다.

불맹 무일조장 전유승이 나섰으니까 도맹 무이조장 태청이 나서서 분란을 잠재운다는 얘기다.

구인겸이 강도를 쳐다보며 근엄한 표정을 지었다.

"청아."

강도는 일어나서 공손히 허리를 굽혔다.

"네, 사부님."

"네가 나서서 유성 도우께서 하극상의 욕을 당하시는 것을 막아야겠다."

"알겠습니다."

강도가 천천히 전유승을 향해 걸어가는 것을 보면서 유선은 고소한 표정을 지었다.

'이제 다 죽었어.'

사람들은 모두 별장 마당으로 나갔다.

유성추혼은 이곳이 범맹 소유의 별장이기 때문에 따로 범맹 무당의 호위 고수를 대동하지 않았다.

그렇다고 무당보다 두 단계나 낮은 협당의 조장인 안예모에게 불맹 무일조장 전유승하고 싸우라고 등을 떠밀 수는 없는 노릇이다.

전황은 이 대결을 무의미하게 하고 싶지 않았다.

"이 대결에서 우리가 이기면 당신이 내게 굽실거리겠소?"

그는 유성추혼을 가리키며 이미 다 이긴 싸움인 것처럼 거들먹거렸다.

유성추혼은 씁쓸했다.

그는 일이 이렇게까지 커지는 것을 원하지 않았지만 자신이 전황의 요구대로 해줄 수는 없었다.

유성추혼이 대답을 하지 못하고 떨떠름한 표정을 짓고 있는데 구인겸의 전음이 들렸다.

[유성 도우가 난처해질 일은 없을 것이오.]

평소 구인겸을 존경해온 유성추혼은 그의 말을 듣고 전황에게 고개를 끄떡였다.

"원하는 대로 해주겠소."

전황은 기고만장했다.

"무일조장, 들었느냐?"

전유승은 득의하게 웃었다.

"하하! 지금부터 5초 후에 부맹주께서 원하시는 일이 일어날 겁니다!"

강도와 전유승은 5m 거리에 마주 보고 섰다.

전유승은 허공으로 오른팔을 뻗었다.

치잉—

쳇소리가 울리면서 그의 오른손에 한 자루 고색창연한 장검이 전송되었다.

"너도 무기를 잡아라!"

전유승의 말에 강도는 짐짓 도사처럼 한 손을 세우고 도호를 외웠다.

"무량수불… 저는 무기가 없습니다."

"무당파는 검법이 유명한데 검이 없다는 것이냐?"

"저는 권각법을 연마했습니다."

구인겸은 웃음이 나는 걸 꾹 참으면서 엄숙한 표정을 지었다.

유선은 강도의 넉살에 허파가 뒤집어질 정도로 우스워서 고개를 숙이고 키득거렸다.

전유승은 130㎝가 넘는 검을 쥐고 있으므로 상대가 제아무리 권각법이 뛰어나도 자신의 상대가 되지 못할 것이라고 확신했다.

"검에는 눈이 없으니 너는 목을 조심하는 게 좋을 것이다."

유선이 냅다 차갑게 외쳤다.

"야! 이 자식아! 너는 원래 그렇게 말이 많으냐?"

전유승은 물론이고 사람들이 모두 강도 뒤쪽에 서 있는 유선을 쳐다보았다.

"도대체 대결은 언제 하려고 주접이나 떨고 있는 거냐? 기다리기가 지루해서 죽을 지경이니까 어서 싸워라!"

전유승은 어이없는 표정을 지었다.

"너… 나한테 반말했냐?"

"야! 이 썩을 놈의 호로 새끼야! 너도 우리 조장한테 반말했잖아!"

"……."

여자한테 '새끼' 소리를 들은 데다 그녀의 말이 틀리지 않기에 전유승은 반박할 말이 없어서 얼굴이 우거지처럼 일그러졌다.

"병신 새끼야! 겁먹었으면 얼른 무릎 꿇고 잘못했다고 빌고, 아니면 어서 싸워라! 거지 같은 새끼야!"

"저년이……."

전황은 전유승이 싸우지는 않고 여자하고 말싸움하는 걸

보고 눈살을 찌푸렸다.

"어서 싸워라."

유선 때문에 잔뜩 화가 치민 전유승은 득달같이 강도를 향해 덮쳐가면서 무시무시하게 검을 휘둘렀다.

쾌애애액!

무림십파 중에서 으뜸이며 소림절학 중에서도 첫손가락에 꼽히는 항마검법이 펼쳐졌다.

전유승의 검은 비단 강도의 전신 급소를 공격할 뿐만 아니라 그가 피할 수 있는 모든 방위를 차단했다.

검법에 대해서 조금이라도 아는 사람이라면 이 일검에서 강도가 절대로 무사하지 못할 거라고 짐작했다.

강도는 마치 무당파의 모범적인 제자처럼 즉시 자세를 취하며 짐짓 우렁차게 외쳤다.

"쇄룡수(鎖龍手)요! 귀하는 조심하십시오!"

유선은 강도의 넉살에 웃겨 죽는다고 발을 동동 굴렀다.

쐐애액! 피이익! 쉭! 쉭!

강도는 일직선으로 돌진하면서 상체를 풀잎처럼 이리저리 흔들어서 전유승의 공격을 모조리 피해 버렸다.

그리고는 전유승이 두 번째 공격을 하려고 검을 머리 위로 쳐드는데 그의 한 걸음 앞에 바싹 다가들었다.

"어……."

전유승은 움찔 놀랐다.

강도가 너무 가까워서 검으로는 공격할 수 없는 상황이
다.

강도는 일부러 기합을 터뜨렸다.

"이얍!"

짜악!

"아악!"

그는 조금 전에 쇄룡수라고 해놓고서 손바닥으로 전유승의
귀싸대기를 힘차게 갈겼다.

강도가 힘을 주지 않았는데도 뺨을 얻어맞은 전유승은 고
개가 팩 돌아가며 몸이 허공으로 둥실 떠올랐다.

쿵!

"윽……."

전유승은 땅에 떨어졌다가 데굴데굴 세 바퀴나 구르고서야
비틀거리면서 일어섰다.

그는 정신이 하나도 없지만 강도가 재차 공격해 올 것이라
는 생각에 급급히 검을 마구 휘둘렀다.

쉬이익! 휙휙!

그런데 그가 동작을 멈추고 보니까 강도는 저만치 7~8m 떨
어진 곳에 우뚝 서 있고 자기 혼자 생쇼를 하고 있었다.

"이런 씨X……."

전유승은 자신이 혼자서 생쇼를 하고 있으며 사람들이 쳐다보고 있다는 사실을 깨닫고는 온몸의 피가 얼굴로 확 몰렸다.

"으드득! 이 새끼 죽여 버리겠다……!"

쉬익!

그는 이를 갈면서 강도를 향해 전속력으로 쏘아갔다.

사람들이 봤을 때 강도와 전유승은 서로 실력이 비슷한 것 같았다.

아니, 어찌 보면 전유승의 검법이 워낙 화려해서 그가 한 수 우위인 것처럼 보였다.

조금 전 첫 번째 격돌에서 전유승이 먼저 공격했고 강도가 물러서지 않고 한바탕 맞부딪쳤었다.

그 과정에 현란한 검법과 그걸 피하는 강도의 움직임이 뒤섞였는데, 강도가 운이 좋아서 전유승의 뺨을 갈긴 것처럼 보였다.

'이 새끼! 이번에는 모가지를 잘라주마……!'

전유승은 공력을 극한까지 끌어 올려 검에 주입했다.

쉬익!

그는 비스듬히 허공으로 떠올랐다가 독수리처럼 내리꽂히면서 소림사의 절기 중 최고봉인 금강검법을 전개했다.

쏴아아아!

강도 주위 10m 이내를 엄밀한 검막이 뒤덮었고 그 안에는 검의 소나기 검우(劍雨)가 쏟아졌다.

그런데 아래쪽에서 강도의 우직한 목소리가 들렸다.

"이번에는 무극현공권(無極玄功拳)입니다. 조심하십시오!"

그런 친절한 경고가 전유승의 속을 뒤집어 버렸다.

'저 개새끼를 못 죽이면 내가 성을 갈겠다······!'

전유승은 마지막 한 움큼의 공력까지 검에 주입하여 강도의 머리로 내리꽂았다.

촤아아아!

검광이 너무 눈부시고 현란해서 한순간 강도와 전유승 두 사람의 모습을 덮어버렸다.

전유승은 방금 자신의 일검에 강도의 몸이 갈가리 찢어져서 도막이 났을 것이라고 확신했다.

그런데 그가 땅에 내려섰을 때 아까처럼 강도가 1m 앞에 우뚝 서 있는 것이 아닌가.

"야압!"

그러더니 강도가 요란한 기합 소리를 내며 벼락같이 왼손을 휘둘러서 이번에는 전유승의 왼뺨을 후려 갈겼다.

철썩!

"왁!"

전유승의 몸이 공중으로 떠오르더니 팽그르르 회전했다.

쿠다다닥!

"흐윽……."

그는 강도에게서 5m나 날려가서 땅에 떨어져서도 몸이 팽이처럼 회전하다가 겨우 멈췄다.

"으으……."

전유승은 비틀거리면서 검을 지팡이 삼아 일어섰다.

귀싸대기 두 대에 그의 양 뺨은 벌겋게 퉁퉁 부었으며 입에서 피가 쏟아지듯이 흘러내렸다.

하지만 이번만큼은 그는 첫 번째처럼 혼자서 생쇼를 하지는 않았다.

역시 강도는 저만치에 우뚝 서 있다.

그 순간 전유승은 강도가 갑자기 태산처럼 거대하게 보여서 그에게 압도되는 것 같았다.

그러나 그보다는 분노가 더 컸다.

그때 강도가 낭랑하게 말했다.

"당신은 유성 대협에게 엎드려 용서를 비는 게 좋겠습니다. 그러지 않으면 나한테 또 혼이 날 겁니다."

유선이 깔깔거리면서 거들었다.

"야! 이 병신 새끼야! 더 혼나기 전에 얼른 유성 대협께 용서를 빌어라!"

전유승의 얼굴이 짓밟은 피자처럼 일그러졌다.

슈우욱!

분노가 정수리를 뚫고 폭발할 것 같은 전유승은 이성을 잃고 화살처럼 강도를 향해 쏘아가며 고함을 질렀다.

"이 개새끼! 죽여 버리겠다!"

이때쯤 유성추혼과 전황, 불맹삼로들은 강도가 두 번이나 전유승의 뺨을 때린 것이 결코 우연하게 일어난 일이 아니라 실력이라는 사실을 간파했다.

전황이 소리쳤다.

"십절신공(十絶神功)을 써라!"

불맹의 10명의 장로 즉, 불맹십로의 절학 중에서 장점만을 추려서 모은 것이 십절신공이고 그것을 만드는 데에는 불맹십로와 전황이 참여했었다.

불맹십로가 십절신공을 창안한 이유는 공동 제자인 전황을 더 고강하게 만들기 위해서였다.

불맹삼로의 안색이 변했다.

그들은 전유승이 자신들 무림십파의 절학을 사용하는 것에 놀랐는데 십절신공까지 배웠다고 하니까 전황에게 배신감마저 들었다.

그렇지만 지금 상황에서는 전유승이 십절신공을 전개하는 것이 가장 적절하다.

불맹삼로도 전유승이 패해서 전황과 불맹이 낭패한 상황에

처하는 것을 원하지 않는다.

다만 십절신공이 워낙 패도적이기 때문에 전유승이 조금쯤은 약하게 전개해 주기를 바라는 심정이다.

지금 상황에 전유승이 구인겸의 제자를 잔인하게 죽이면 골치 아프기 때문이다.

전유승은 기세등등했다.

그렇지 않아도 강도를 처참히 죽여 버리고 싶은데 십절신공을 전개하라는 허락이 떨어졌기 때문이다.

'넌 죽었다, 이 새끼야!'

전유승은 강도에게 쏘아가면서 십절신공의 구결대로 공력을 배분했다가 검을 휘두르면서 앞으로 길게 뻗었다.

콰우웅―

한 자루 검에서 나는 소리라고는 믿어지지 않는 굉음이 터져 나왔다.

그와 동시에 믿을 수 없게도 전유승의 검에서 무림십파의 절기들이 한꺼번에 와르르 쏟아져 나갔다.

사람들은 눈을 의심하면서 그 광경을 지켜보았다.

심지어 구인겸과 유성추혼마저도 지금 상황을 망각하고 눈을 크게 떴다.

강도는 이 부질없는 싸움을 이제 끝내야겠다고 생각했다.

무림십파의 절기들이 자신을 향해 한꺼번에 쏟아져 오고 있지만 그로서는 그저 가소로울 뿐이다.

　스으……

　강도는 십절신공의 공격권에서 찰나지간에 벗어나 전유승의 코앞에 이르렀다.

　전유승이 얼굴에 놀라는 표정을 떠올리기도 전에 강도의 손칼이 그의 오른손을 짧게 끊어 쳤다.

　탁!

　"끅!"

　전유승의 오른팔이 부러지면서 손에 쥐어져 있던 검이 날아갔다.

　쉬익!

　손을 벗어난 검이 뒤쪽 전황이 서 있는 곳으로 일직선으로 쏘아 가는데 강도가 허공을 격하여 거기에 공력을 실어서 3배 이상 더 빠르고 위력적으로 만들었다.

　"……"

　강도가 전유승의 팔을 부러뜨리면서 날린 검은 0.01초 만에 전황 얼굴로 쏘아들었다.

　"웃!"

　팍!

　전황은 거의 반사적으로 피했다.

검이 전유승의 손에서 벗어나는 것과 같은 순간에 반응을 해야 피할 수 있을 텐데 이건 운이 따랐다고밖에는 말할 수가 없다.

그래도 예리한 검날이 그의 뺨을 베고 바로 뒤에 서 있는 나무에 깊숙이 꽂혔다.

"윽……"

전황은 자신의 뺨을 만지며 놀란 얼굴로 강도와 전유승을 쳐다보았다.

전황이 자신의 오른쪽 뺨에서 손을 떼어보니 손바닥에 피가 홍건하다.

그때 강도의 목소리가 들렸다.

"유성 대협께 용서를 비십시오."

전황이 쳐다보니까 강도가 전유승에게 말하고 있다.

"으으… 이 새끼야. 날 뭘로 보고……"

전유승은 부러진 오른팔을 감싸 쥐고서도 잡아먹을 듯이 강도를 노려보며 으르렁거렸다.

강도는 여기까지만 인내심을 발휘하기로 했다.

삼맹을 위해서 그리고 다른 사람들을 위해서 이런 쭉정이는 혼쭐이 나야 한다는 게 그의 생각이다.

딱!

강도의 발끝이 전유승의 정강이를 살짝 걷어찼다.

"으악!"

그 가벼운 한 대로 발이 부러진 전유승은 그 자리에 주저앉으면서 처절한 비명을 질렀다.

강도는 팔을 뻗어 유성추혼을 가리키면서 전유승을 굽어보며 무표정한 얼굴로 조용히 중얼거렸다.

"기어가서 용서를 빌어라. 지금 아니면 기어갈 기회조차 없을 거다."

"으으……."

강도의 말과 행동이 180도로 변하자 사람들은 움찔했다.

전유승은 팔다리가 하나씩 부러진 극심한 고통 속에 고개를 들어 강도를 올려다보았다.

순간 전유승은 후드득 몸을 떨었다.

일말의 표정도 없이 자신을 굽어보는 강도의 얼굴, 아니, 분위기에서 그의 말을 듣지 않으면 죽일 거라는 무언의 압박을 느꼈다.

"이봐, 너! 그만해라."

그때 전황이 강도를 가리키면서 위압적으로 명령하듯이 말했다.

강도는 듣지 못한 듯 전유승에게 말했다.

"마지막 기회다."

"흐으으……."

전유승은 일그러진 얼굴로 전황을 돌아보았다.

전황이 쨍하게 소리쳤다.

"전유승! 꼼짝 말고 거기 있어라!"

지지리 못난 새끼는 끝까지 못난 짓만 한다.

전유승은 진퇴양난이다.

유성추혼에게 가서 용서를 빌지 않으면 당장 강도에게 죽을 것이다.

강도에게 뺨 두 대를 얻어맞고 팔다리가 부러진 후에야 알게 된 사실이다.

그렇다고 상전인 전황의 명령을 불복하기도 어렵다.

강도는 아무 말도 하지 않고 가만히 서 있었다.

전유승은 강도의 변함없는 무표정에서 더욱 공포를 느꼈다.

아무도 자신을 도울 수 없다는 사실을 절감했다.

"으으……"

전유승은 비틀거리면서 간신히 일어났다.

그러고는 절뚝거리며 유성추혼에게 향했다.

그는 절뚝절뚝 걸어가면서 강도와의 싸움을 되새겨 보았다.

그러고는 오래지 않아서 결론을 얻었다.

강도가 이긴 것은 우연이 아니라 실력이었다.

설사 전황이라고 해도 강도를 이길 수는 없을 것이다.

분위기 때문인지는 모르지만 전유승의 생각은 그랬다.

"야! 전유승! 거기 안 서?"

전황이 걸어오면서 고함을 질렀다.

강도는 전황을 보면서 손으로 전유승을 가리켰다.

"저놈, 죽이고 싶으냐?"

강도에게서 전유성의 거리는 3m이고 전황은 10m다. 아무리 전황이 고강해도 강도가 마음만 먹으면 전황보다 빨리 전유승을 죽일 수 있다.

전황이 냉랭하게 씹어뱉었다.

"잔인한 새끼."

강도가 뭐라 그러기도 전에 유선이 앙칼진 목소리로 나섰다.

"야! 이 호로 새끼야! 누가 잔인한 새끼야? 엉?"

"……"

전황은 지금까지 살면서 여자에게 욕을 들어본 적이 한 번도 없어서 멍한 표정을 지었다.

유선이 비틀거리면서 걸어가고 있는 전유성을 가리켰다.

"너 저 새끼가 우리 조장 죽이려는 거 알고 있었지?"

"……"

전황은 대답할 말이 없다.

"저 새끼가 우리 조장 죽이는 건 괜찮고 우리 조장이 저 새끼 죽이면 잔인한 게 어느 나라 X 같은 법이냐?"

유선 입에서 걸쭉한 육두문자가 마구 쏟아졌다.

전황은 얼굴이 울그락불그락했다.

"새파란 계집년이 감히 누구한테 버릇없이 구는 것이냐?"

"야! 이 씨X 새끼야! 그럼 너는 어째서 유성 대협께 개지랄을 떤 거냐?"

"……."

전황은 또 말문이 막혔다.

"너는 해도 되고 나는 안 되냐? 똥물에 튀겨 죽일 새끼야!"

전황은 화가 머리 꼭대기까지 치밀었지만 여자하고 아웅다웅할 수가 없어서 그 화를 강도에게 퍼부었다.

"지금 당장 물러서지 않으면 네놈의 죄를 묻겠다."

강도는 대꾸하지 않았다.

생각 같아서는 전황이라는 놈을 반병신 만들어놓고 싶지만 그리 되면 일이 커진다.

강도에게 전황을 그렇게 만들 정도의 실력이 있다는 게 드러나면 막판에는 그가 절대신군이라는 사실을 밝혀야 하는 상황이 초래될지도 모른다.

아직 어떤 구체적인 대책도 세워두지 못한 상황에서 그럴 수는 없다.

그러나 전황이 방금 강도에게 물러나라고 위협을 했으므로 거기에 반응을 해야 한다.

그렇다고 물러나는 것은 마음에 들지 않는다.

그럴 거면 애초에 시작하지도 않았다.

하지만 마땅한 방법이 없다.

물러나거나 그냥 밀어붙이거나 둘 중 하나다.

전유승은 유성추혼에게 가다가 멈추고 강도와 전황을 번갈아 쳐다보고 있다.

그러다가 그는 방향을 바꿔서 전황 쪽으로 걸어가기 시작했다.

강도는 두말하지 않고 즉시 전유승에게 성큼성큼 다가갔다.

전유승은 강도가 다가오는 것을 보고 움찔 놀라 전황을 쳐다보았다.

전황이 와락 인상을 쓰며 외쳤다.

"거기 멈춰라!"

그러나 멈출 강도가 아니다.

강도는 어느덧 전유승 2m까지 접근했다.

원래 서 있던 곳에서도 전유승을 충분히 죽일 수 있지만 그러면 실력이 드러난다.

"이… 이봐……."

전유승은 강도가 더 가까이 다가와서 오른손을 쳐드는 걸 보고 얼굴이 하얗게 질렸다.

"너 이 새끼! 그만두지 못해?"

전황의 악다구니에 맞춰서 강도의 손이 전유승을 향해 그어졌다.

퍽!

"으악!"

전유승의 머리가 두부처럼 으깨지며 피와 뇌수가 튀었다.

전황의 걸음이 멈췄다.

모여선 사람들이 나직한 탄성과 신음 소리를 냈다.

그리고 나서야 머리가 깨져서 즉사한 전유승의 몸뚱이가 묵직하게 땅에 쓰러졌다.

쿵!

사람들은 강도가 정말로 전유승을 죽일 것이라고는 예상하지 못했다.

"너 미친 새끼로구나……."

전황은 어이없는 표정을 지었다.

그러더니 갑자기 발로 힘껏 땅을 박차고 강도에게 무서운 속도로 돌진했다.

쉬이잇—

"이 쌍놈의 새끼, 죽여 버리겠다!"

전황은 자신이 강도를 죽이지 못할 거라는 생각은 눈곱만큼도 하지 않았다.

그는 어떻게 저놈을 죽여야지 속이 후련할 것인지에 대해서만 생각했다.

전황이 곧장 짓쳐들어오는 짧은 시간 동안 강도의 머릿속에서 아주 많은 생각들이 교차했다.

그리고 그는 결단을 내렸다.

'그래. 이게 순리다. 물이 흘러가는 대로 가자.'

무서운 속도로 질주하는 전황은 아까 전유승이 전개했던 십절신공을 쌍장으로 발출했다.

쿠와아앗!

그의 전 공력을 쏟아냈으므로 거기에 적중되면 모르긴 해도 강도는 시체조차 남기지 못하고 핏덩어리가 될 것이다.

불맹삼로는 착잡한 표정이지만 나서지 않았다.

전황의 명령을 받은 전유승이 유성추혼을 공격하려고 한 것은 명백한 하극상이었다.

하지만 그걸 죽음으로 응징한 강도의 행동은 더 큰 잘못이라고 판단했기 때문이다.

유성추혼은 자신 때문에 일이 커졌고 또 애꿎은 강도가 전황에게 죽음을 당할 상황에 놓이자 자신이 뛰어 나가 전황을 상대하려고 했다.

[가만히 있으시오.]

그러나 그때 구인겸의 전음이 유성추혼을 만류했다.

그가 쳐다보자 구인겸이 굳은 표정으로 전음을 보냈다.

[지켜봅시다.]

유성추혼은 구인겸의 말을 이해하지 못했다.

구인겸의 제자인 태청이 전황을 이긴다는 것은 기대하는 자체가 어불성설이다.

'설마?'

문득 유성추혼은 한 가지 추측을 했다.

만약 전황이 태청을 죽이면 그걸 빌미로 전황을 닦달할 수가 있다.

그렇지만 태청은 전유승을 죽였으니까 어찌 보면 서로 비긴 것이나 마찬가지다.

그런데 설마 구인겸이 자신의 제자를 죽이면서까지 뭔가를 얻어내려고 하는 것인가?

깊이 생각해 보면 그건 아닌 것 같기도 하다.

유성추혼은 머리가 복잡했다.

'대체 뭘 어쩌려는 거지?'

강도는 쏘아오고 있는 전황을 향해 똑바로 우뚝 섰다.

나중에 삼수갑산을 가더라도 일단 전황을 부러뜨려야겠다

고 생각했다.

죽이는 것은 좋지 않다.

그래도 불맹의 부맹주니까 그를 죽이면 불맹 전체가 반발할 것이다.

어쨌든 전황을 이기되 아주 어렵게 그리고 운 좋게 이긴 것처럼 보여야 한다.

강도는 기억을 더듬어서 무당파의 삼양장공(三陽掌功)의 자세를 취하며 기합을 터뜨렸다.

"이얍!"

그것은 태청이 겁먹지 않고 전황과 정면 승부를 하려는 모습처럼 보여서 사람들은 적잖이 놀랐다.

도맹의 무이조장 태청이 불맹 부맹주 전황, 그것도 무림에서 127번을 싸워서 한 번도 패한 적이 없는 그를 이길 것이라고 생각하는 사람은 구인겸과 유선 두 명뿐이다.

"저건 삼양장공 기수식이 아니오?"

개방주 천비신개가 중얼거렸다.

곤륜장문인 태허만검이 가소롭다는 듯한 미소를 지었다.

"쯧쯧, 삼양장공 따위로 십절신공을……."

강도는 발끝으로 힘껏 땅을 박차면서 전황을 향해 마주 달려 나가며 또다시 기합을 터뜨렸다.

"이야압!"

강도는 자신이 전력과 최선을 다한다는 모습을 보이려고
애썼다.

전황과 가까워지자 강도는 두 손목의 안쪽을 붙이고 쌍장
을 만들면서 슬쩍 중지를 퉁겼다.

순간 보이지도 않고 소리도 나지 않는 지풍이 빛처럼 뿜어
져 전황의 늑골을 가볍게 적중시켰다.

투우…….

"……?"

전황은 갑자기 늑골이 뜨끔한 것을 느꼈다.

그러면서 온몸의 기력이 낭떠러지에서 추락하는 것처럼 툭
떨어졌다.

그 순간 전황의 십절신공 강기와 강도의 삼양장공 장풍이
정면으로 충돌했다.

떠떵!

"허윽……! 윽……."

두 마디 답답한 신음 소리가 터졌다.

강도는 뒤로 두 걸음 묵직하게 물러나서 멈췄다.

그런데 전황은 쓰러질 듯이 비틀거리면서 연속 다섯 걸음이
나 물러나서도 계속 물러나고 있다.

"저런……."

"아아… 말도 안 돼……."

여기저기에서 탄성이 터져 나왔다.

두 걸음 물러선 강도, 아니, 태청은 자세를 바로 잡더니 득달같이 전황을 향해 덮쳐갔다.

그러면서 기합 소리를 잊지 않았다.

"이야압!"

뒤로 물러서고 있는 전황은 입에서 꾸역꾸역 피를 흘리고 있었다.

그는 짓쳐들어오는 태청을 발견하고 크게 당황했다.

"어……."

전황은 반격할 자세를 잡으려는데 아직도 비틀거리면서 뒤로 물러서고 있는 중이라 그게 여의치 않았다.

강도는 철저하게 무당파 권각술만 전개했다.

전황의 지적으로 대시하면서 대라십팔산수(大羅十八散手)를 쏟아냈다.

"끼요옷!"

슈슈슈슉!

수십 개의 주먹과 손바닥이 소나기처럼 쏟아졌다.

당황한 전황은 미친 듯이 몸을 흔들어서 피하고 두 손을 마구 휘두르며 막아냈다.

타타타탁!

퍼퍼퍽! 퍽! 퍽!

"흐윽! 큭! 끅……."

그러나 강도의 주먹과 손바닥이 전황의 상체 십여 군데에 작렬했다.

탓!

강도의 몸이 둥실 허공으로 떠올랐다.

그는 허공중에서 빙글 반원을 돌면서 발뒤꿈치로 전황의 옆머리를 찍었다.

꽝!

"우왁!"

강도는 사뿐히 땅에 내려섰다.

옆머리를 가격당한 전황은 옆으로 붕 날아가다가 땅에 떨어져서 팽그르르 구르면서 밀려갔는데 하필이면 유성추혼 앞에서 멈췄다.

장내가 고요해졌다.

설마 도맹 무이조장이 불맹 부맹주를 이길 줄은 그것도 묵사발로 만들어놓을 거라고 예상하지 못했던 사람들은 뭔가에 홀린 표정을 지었다.

그런데 전황이 마지막에 멈춘 자세가 무릎을 꿇고 얼굴을 땅에 묻고 있는 모습이다.

그리고 그 앞에 유성추혼이 서 있었다.

얼핏 보기에는 전황이 유성추혼 앞에 부복해서 용서를 비는 것처럼 보였다.

전황은 죽었는지 기절했는지 그 자세로 꼼짝도 하지 않았다.

무엇보다도 놀란 사람은 불맹삼로다.

그들에게 전황은 미우나 고우나 공동 제자다. 더구나 팔은 안으로 굽는 법이다.

아무리 전황이 잘못했더라도 전유승은 머리가 박살 나서 죽고, 전황은 기절해 버린 이 상황을 불맹삼로의 수양심으로는 견디기가 어려웠다.

불맹삼로의 막내 격인 천비가 전황에게 다가가서 살펴보더니 움찔 놀라 엉덩방아를 찧으며 주저앉았다.

"이런……."

저만치에서 무로 혜각이 물었다.

"무슨 일이오?"

그런데 천비는 꾀도 없이 육성으로 대답해 버렸다.

"부맹주의 무공이 폐지됐소이다……."

순간 여기저기에서 탄성이 터져 나왔다.

비밀로 해야 할 일이 드러나 버려서 혜각은 눈살을 찌푸렸지만 이미 어쩔 수가 없는 일이다.

그는 즉시 전황에게 가서 자세히 살펴보다가 착잡한 표정을 지었다.

천비 말대로 전황은 무공을 잃었다.

혜각은 일어나서 엄숙한 표정으로 강도를 주시했다.

불맹의 부맹주이며 불맹십로의 공동 제자인 전황이 도맹 무이조장에게 형편없이 깨진 것으로도 모자라서 무공까지 폐지당한 상황이라서 불맹삼로는 치욕스러워서 쥐구멍이라도 들어가고 싶은 심정이다.

그렇다고 해도 이건 그냥 넘어갈 일이 아니다.

혜각은 천천히 강도에게 걸어가서 3m 앞에 멈추고 그를 똑바로 직시하며 불쑥 물었다.

"자네 왜 그랬나?"

"뭘 말입니까?"

강도는 공손하지는 않지만 최소한의 예의를 갖춰서 말하느라 애썼다.

"어째서 전황의 무공을 폐지했나?"

구인겸과 유선이 강도 뒤로 다가와서 섰다.

강도는 혜각 옆으로 전황을 쳐다보았다.

"그가 무공을 잃었습니까?"

"그렇네."

어느새 다가온 유성추혼이 강도를 거들었다.

"선사께선 이 사람이 전황과 싸우다가 무공을 폐지시킬 정도로 고강하다고 보십니까?"

혜각은 대답하지 못했다.

설사 혜각 자신이 전황과 일대일로 싸웠다고 해도 싸우는 도중에 상대의 무공을 폐지시키지는 못했을 것이다.

그러나 사실 강도가 전황의 무공을 폐지시켰다.

전황처럼 쓰레기 같은 놈은 무공을 지니고 있을 자격도 없다는 것이 강도의 생각이었다.

혜각은 잠시 침묵을 지키면서도 강도를 날카롭게 주시했다.

강도는 조금도 다치지 않았으며 지친 것 같지도 않았다.

그는 일부러 다치거나 지친 것처럼 보이는 연기를 하고 싶지는 않았다.

혜각은 한 가지 사실만은 분명하다고 생각했다.

전황이 약했던 것이 아니라 눈앞에 서 있는 강도가 전황보다 훨씬 고강했다.

문제는 일개 조장이 어째서 그토록 고강하냐는 것이다.

그렇지만 그건 혜각이 관여할 바가 아니다.

강도는 묵묵히 서서 혜각을 마주 바라보았다.

사람들이 보면 강도가 무림의 대선배인 혜각의 시선을 정면으로 마주 보는 간 큰 청년 정도로만 여길 뿐이지 가공할 기도나 패도적인 분위기 같은 것은 풍기지 않았다.

"자네 나하고 같이 가세."

한참 만에 혜각이 나직하게 입을 열었다.

구인겸이 나섰다.

"무슨 일로 그러시오?"

무림에서 혜각과 구인겸은 서로를 존경하고 아끼는 막역한 사이였으며 그것은 현 세계에 와서도 이어졌으나 지금 상황은 그렇지가 못하다.

혜각은 엄숙하게 말했다.

"이 젊은 친구가 본맹의 무일조장을 죽이고 부맹주의 무공을 폐지했는데 내가 가만히 있어야 하겠소?"

"그래서 이 아이를 데려가서 뭘 어쩌시겠다는 것이오?"

"조사할 것도 있고 조사가 끝나면 맹규에 의해서 처리할 생각이오."

"지금 맹규라고 했소?"

맹규란 맹의 규칙이다.

그 맹의 규칙에 의해서 강도에게 벌을 주겠다는 뜻이니 구인겸이 발끈하는 것은 당연하다.

혜각이 억지를 쓰자 구인겸은 미간을 좁혔다.

"조금 전까지만 해도 선사는 귀맹의 무일조장이 내 제자를 이길 것이라고 확신했을 것이오. 그래서 하극상인 줄 알면서도 뻔히 보고만 있었소. 그렇지 않소?"

혜각은 대답하지 못했다.

그때 그는 전유승이 강도를 이길 것이라고 확신했었기 때문이다.

구인겸의 목소리가 조금 높아졌다.

"만약 그때 귀맹의 무일조장이 내 제자를 죽였다면 나도 귀맹의 무일조장을 도맹으로 끌고 가서 도맹의 맹규로 다스린다고 해도 혜각은 가만히 보고만 있었겠소?"

"……."

혜각은 자신이 억지를 쓰고 있다는 것을 알면서도 억지를 부리고 있는데, 구인겸이 그걸 새삼스럽게 확인을 시켜주자 얼굴이 뜨거워졌다.

구인겸이 말하는 것은 역지사지(易地思之)다.

즉, 입장을 바꿔놓고 생각해 보자는 것이다.

혜각이 아무 말도 하지 않자 구인겸의 목소리는 꾸짖는 쪽으로 변했다.

"귀맹의 무일조장이 죽자 전황이 복수를 하겠다고 덤벼들었소. 그건 누가 보더라도 전황이 백전백승할 싸움이었소. 그런데 그때도 혜각은 잠자코 있었소."

구인겸은 예리하게 그를 쏘아보았다.

"그때 당신은 무슨 생각을 하고 있었던 것이오? 전황이 내 제자를 죽이려고 하는 그 상황에 말이오."

"음."

혜각은 철면피가 아니라서 더 이상 듣고 있을 수만은 없었다.

그런데도 구인겸의 꾸짖음은 멈추지 않았다.

"귀맹의 무일조장이나 전황이 내 제자를 죽이면 괜찮은 것이고, 내 제자가 정당방위로 그들을 이기면 지금처럼 문제가 되는 것이오?"

혜각은 자신이 선택의 기로에 서 있다는 사실을 깨달았다.

그리고 그는 한 가지를 선택했다.

"그만하시오."

그는 구인겸의 꾸짖음을 멈추었다.

그리고 종전의 억지를 이어갔다.

"어쨌든 나는 이자를 데려갈 것이오."

"혜각 당신……."

구인겸은 분노하여 말을 잇지 못할 정도가 됐다.

그러나 그가 뭐라고 하기도 전에 강도가 불쑥 입을 열었다.

"날 끌고 갈 능력이 있으면 한번 해보시지요."

혜각은 어이없는 얼굴로 강도를 쳐다보았다.

혜각이 전황보다 고강하다는 것은 잘 알려진 사실이다.

강도의 입가에 약간 비웃는 듯한 엷은 미소가 걸렸다.

"당신이 날 이기면 기꺼이 목을 내놓겠습니다."

강도는 이참에 아예 혜각선사까지 손볼 생각이다.

강도가 말을 이었다.

"대신 당신이 지면 내 뜻에 따라주십시오."

"알겠네."

원래는 혜각이 무력을 써서라도 강도를 제압하려고 했는데 이젠 반대로 강도가 도전하는 모양새가 됐다.

혜각으로선 강도의 도전을 피해야 할 이유가 없다.

강도를 끌고 가려면 그 방법밖에 없다고 판단했다.

또한 혜각은 전유승을 죽이고 전황의 무공을 폐지시킨 강도의 실력을 몸소 체험하고 싶었다.

마당에는 강도와 혜각이 5m의 거리를 두고 마주 보는 자세로 서 있었다.

강도 뒤에는 구인겸과 유선. 유성추혼 등 범맹 사람들이 모여 있다.

그리고 혜각 뒤에는 천비와 태허 두 사람이 굳은 얼굴로 서 있으며, 그 옆에는 전황과 전유승이 누워 있다.

강도는 와노와 음브웨에게 지시했다.

―이 근처에 아무도 접근하지 못하게 해라.

―알겠습니다.

펄럭…….

바람도 없는데 혜각이 입고 있는 옷이 심하게 펄럭였다.

공력을 끌어 올리고 있다는 뜻이다.

반면에 강도는 삼맹을 통틀어 최고수라고 자타가 인정하는 혜각과의 대결을 앞둔 사람이라고는 보이지 않을 정도로 차분했다.

"자넨 계속 무당파 권각술을 사용할 텐가?"

혜각이 물었다.

강도는 조금 짜증이 났다.

늙은이들은 참 말이 많다.

아니, 늙어서 그런 건지 성격이 그런 건지는 모르지만 하여튼 말 많은 사람은 질색이다.

"그렇습니다."

"어떤 무공을 사용할 건지 말해……."

"그냥 싸웁시다."

"……"

혜각은 얼굴이 확 굳었다.

반면에 구인겸 입가에 흐릿한 미소가 어렸다.

또한 유성추혼과 유선, 안예모 등은 속이 후련했다.

혜각은 느릿한 동작으로 기수식을 펼치더니 두 주먹을 옆구리에 붙이고 왼발을 약간 앞으로 내밀어 무릎을 굽혔다.

"공격하게."

강도가 봤을 때 혜각의 기수식은 소림절학의 최고봉인 백보신권이다.

혜각이 전력으로 백보신권(百步神拳)을 전개하면 30m 거리의 암석에 15㎝의 주먹 자국을 새긴다고 했었다.

앞으로 살짝 내민 왼발의 모양새로 보아하니 불영선하보(佛影仙霞步)라는 보법을 사용할 것 같다.

백보신권이나 불영선하보 둘 다 불가 최고의 절학이다.

혜각이 먼저 공격하라고 했으므로 강도는 사양하지 않았다.

강도가 먼저 공격하면 자신에게는 공격할 기회가 없을 거라는 사실을 혜각은 몰랐을 것이다.

쉬익―

여태까지 그랬던 것처럼 강도는 혜각을 향해 정직하게 일직선으로 곧장 쏘아갔다.

그러면서 무당파의 절기 십단금(十段錦)을 전개하여 공격해 나갔다.

"이야압!"

정직함을 배가시켜 주는 기합 소리를 잊지 않았다.

혜각은 강도가 정면으로 공격할 것이라고는 0%도 믿지 않았다.

강도가 지금은 정면으로 부딪쳐 오고 있지만 분명히 중간에 방향을 바꿔 측면이나 허공, 아니면 배후에서 공격할 거라고 짐작했다.

그러나 강도는 혜각의 2m 전면까지 짓쳐 들면서도 방향을 바꾸지 않았다.

그리고 십단금 초식을 발휘하여 주먹을 혜각의 가슴으로 뻗었다.

후우웅!

혜각은 보기에도 느린 강도의 주먹 공격을 피하려고 상체를 슬쩍 오른쪽으로 피하면서 허리를 틀며 강도를 향해 백보신권을 뻗었다.

그렇지만 그것은 그의 생각일 뿐이다.

그는 비단 백보신권을 뻗지도 못했을 뿐만 아니라 옆으로 피하지도 못했다.

뻐걱!

"컥!"

그 전에 그토록 느리게 보이던 강도의 주먹이 정통으로 가슴 한복판에 꽂혔기 때문이다.

"끄으으……."

혜각은 상체가 뒤로 벌렁 젖혀져서 허공으로 둥실 떠오르며 가슴이 쪼개지는 듯한 고통에 얼굴이 일그러졌다.

그렇지만 고통보다 더 큰 것이 의문이다.

그토록 느려보였던 십단금을 자신이 피하지 못했다는 사실을 믿을 수가 없었다.

떵…….

"흐윽!"

혜각은 5m나 날아가서 등을 아래로 하여 땅에 떨어졌다.

그는 정신이 말짱했지만 사지를 벌리고 누운 상태에서 꼼짝도 하지 못했다.

움직이려고 애를 써봤지만 정통으로 맞은 가슴을 중심으로 온몸이 조각나는 것 같아서 포기했다.

그리고 공력을 일으켜 봤는데 그 역시 뜻대로 되지 않았다.

공력이 일으켜질 듯하다가 번번이 흩어져 버렸다.

그는 자신이 전황처럼 무공이 폐지됐다고 생각했다.

이변이 세 번이나 일어났다.

전유승과 전황에 이어 명실공이 삼맹 최고수인 혜각마저 강도에게 무너졌다.

구인겸과 유선을 제외한 다른 사람들은 기적이 일어났다고 생각했다.

사람들이 봤을 때 강도가 혜각보다 월등하게 고강한 것 같지는 않았다.

그런데도 3명을 차례로 거꾸러뜨렸다.

강도는 사람들의 시선을 한 몸에 받으면서 성큼성큼 걸어

쓰러져 있는 혜각 앞에 멈췄다.

그리고 그를 굽어보면서 나직하게 말했다.

"내 수하가 되십시오."

『갓오브솔저』 5권에 계속…

초대형 24시 만화방

신간 100%, 샤워실, 흡연실, 수면실(침대석), 커플석, 세탁기 완비

■ 시흥 정왕25시점 ■

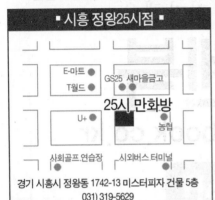

경기 시흥시 정왕동 1742-13 미스터피자 건물 5층
031) 319-5629

■ 강북 노원역점 ■

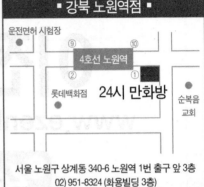

서울 노원구 상계동 340-6 노원역 1번 출구 앞 3층
02) 951-8324 (화용빌딩 3층)

■ 일산 정발산역점 ■

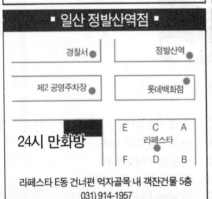

라페스타 E동 건너편 먹자골목 내 객잔건물 5층
031) 914-1957

■ 일산 화정역점 ■

경기도 고양시 덕양구 화정동 984번지 서일빌딩 7층
031) 979-4874 (서일사우나 건물 7층)

■ 부천 역곡역점 ■

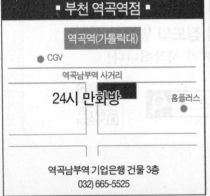

역곡남부역 기업은행 건물 3층
032) 665-5525

■ 부평역점 ■

(구) 진선미 예식장 뒤 한신포차 건물 10층
032) 522-2871